어떤 범생이가

SEOUL, 2018

어떤 범생이가

초판 제1쇄 발행일 2018년 11월 1일
초판 제2쇄 발행일 2020년 5월 15일
지은이 이상권
발행인 윤호권 본부장 김문정
편집 박진희, 장혜란, 고한빈 디자인 남희정, 김나영
마케팅 김동준, 박병국, 명인수, 우지영, 이예주, 박정희
저작권 이경화 제작 박주현
발행처 (주)시공사 주소 서울시 서초구 사임당로 82
전화 영업 2046-2800 편집 2046-2821~4
인터넷 홈페이지 www.sigongsa.com

ISBN 978-89-527-8763-7 43810
ISBN 978-89-527-5572-8 (세트)

*홈페이지 회원으로 가입하시면 다양한 혜택이 주어집니다.
*잘못 만들어진 책은 구입하신 서점에서 바꾸어 드립니다.

어떤 범생이가

이상권 지음

시공사

차례

어떤 범생이가 ·············· 7

작가의 말 ··············· 140

#1

학교 앞에서는 벚꽃들의 화려한 가장행렬이 펼쳐지고 있었다. 그 사이로 덩달아 사람들도 북새통이었다. 유일한 훼방꾼인 봄바람만 심술을 부렸다. 봄바람은 기상청의 예측을 비웃으면서 빗방울로 무장한 게릴라 구름을 도시 곳곳에다 풀어놓았다. 선비의 서툰 깜냥으로 보아도 속살 무른 봄꽃들에게는 치명적일 만큼의 장대비를 품은 구름이었다.

선비는 비를 좋아하지 않았다. 특히 이 계절에 내리는 비를 가장 싫어했다. 물론 살갗에 달라붙어 끈적거리는 안개비도 싫고, 스멀스멀 애벌레처럼 기어 다니는 이슬비의 감촉도 싫고, 그악스럽게 내리치는 소낙비의 폭력성은 더더욱 두렵고, 햇살 사이사이로 새치기하듯이 내리는 여우비도 무지무지 얄밉고 싫었다. 얼마 전에는 산성비의 산성도가 식초 수준이라는 뉴스에 오싹 소름까지 돋았다. 실제로 그 비를 맞은 나무와 풀 들은 누렇게 시들었다고 했다.

빗방울이 선비의 콧등을 내리쳤다.

"제기랄!"

선비는 콧등을 손으로 문지르고는 뛰기 시작했다. 그와 동시에 오줌보가 터질 것 같았다. 학교로 되돌아갔으면 간단히 해결되었을 텐데, 집까지 오 분 거리밖에 안 된다는 오판 때문에 선비는 어처구니없는 실수를 하고 말았다. 어느새 가랑이 사이로 따뜻한 물이 흘러나오고야 만 것이다. 낭패였다.

골목 가장 깊은 곳에서 사 층짜리 다세대 주택이 궁상맞게 비를 맞고 있었다. 인근에서 가장 나이 든 집, 단지 수가 워낙 적어서 재개발도 불가능하고 그저 그렇게 늙어 가다가 수명이 다할 수밖에 없는 존재였다. 선비네 집은 그곳 일 층이었다.

#2

선비는 현관문을 열고 뛰어들다가 누군가의 배를 들이받았다.

"에이씨, 깜짝이야!"

"헐!"

선비는 뒷걸음질 치면서 용비를 한껏 째려보았다. 교실에 있어야 할 사람이 집에 있다니. 한 사람은 가출을 하고, 또 한 사람은 땡땡이나 치고 다니니, 하도 한심해서 보기도 싫었다.

대체 저 인간은 어떻게 살아가려는 것일까. 그저 한숨만 나왔다. 용비는 공부도 못한다. 부모님도 가진 게 없다. 그런데도 저렇게 허세 부리며 살아갈 수 있다는 게 그저 신기할 따름이었다.

없는 사람의 자식일수록 공부에 매달리지 않으면 안 된다는 것이 선비의 철학이었다. 선비는 초등학교 삼 학년 때부터 그렇게 생각했다. 그때부터 단 하루라도 공부를 하지 않으면 불안해서 견딜 수가 없었다. 물론 그렇게 공부를 들이파도 중학생이 된 뒤로는 일 등이라는 깃발을 차지해 본 적이 없었다. 중학교는 초등학교와 차원이 달랐다. 공부 잘하는 아이들은 대부분 유학파였는데, 그들은 선생님보다 영어를 더 잘했으며, 다른 과목들도 굳이 학교에서 도움을 받을 필요가 없었다. 그들은 아무리 애를 써도 뽑아낼 수 없는 말뚝이었다. 철옹성이었다. 아무리 선비가 선생님들의 도움을 받아도 그들의 자리를 넘볼 수는 없었다. 그러니까 그건 이미 학교 선생님들의 능력 밖 일이었다. 그래도 선비는 포기하지 않았다. 그래야만 하루하루를 견딜 수 있었다.

"범생아, 눈깔 풀어!"

"개눈깔!"

"까불어, 이 새끼가!"

용비가 핸드폰으로 선비의 머리통을 툭 쳤다. 용비는 아버지, 어머니를 비롯하여 솔비랑 선비를 합친 것보다 더 덩치가 컸다. 백구십이 넘는 키에다 몸무게가 어느 정도인지 그건 아무도 몰랐다. 어머니는 용비가 추자도라는 섬에 살고 있는 고모할머니를 닮았다고 했다. 선비는 아직 고모할머니를 본 적이 없기 때문에 어머니의 말이 사실인지 아닌지 확인할 수는 없었다. 분명한 것은 부모님은 둘 다 젓가락 체형이라는 사실이다.

선비는 용비 옆으로 비켜 가려다 다시 멈칫하였다. 용비 뒤에 한 여학생이 숨어 있었다. 선비만큼 작았다. 몸을 둘둘 말아 버리면 책가방 속에 너끈히 들어갈 정도로 왜소했다.

"범생아! 형아 쪽팔리게 오줌 질질 쌀래?"

"씨!"

"어서 화장실로 꺼져!"

"닥쳐!"

선비는 용비보다 그 뒤에서 키득거리고 있는 다른 눈길이 따가워 화장실로 튀어 갔다. 범생이란 선비가 공부만 파고든다고 해서 붙은 별명이다. 선비가 변기통에 앉자마자 여자애의 웃음소리가 고막으로 밀려들었다.

#3

"에이, 찌질이! 세상에, 초딩도 아니고 중딩이 바지에다 오

10

줌을 질질 싸다니! 오빠, 남자들은 오줌이 나오는 걸 잘 못 느끼나 봐. 윽, 지린내 쩐다!"

"미친!"

"하여간 오빠 동생들은 가지가지 한다. 내가 솔비 그 싸가지랑 같은 학교라서 잘 아는데, 그년이 일진 짱하고 맞짱 떴다가 뒈지게 얻어터졌다는 거 알지?"

"쪽팔려!"

"선생들도 다 알아. 알면서도 일부러 모른 체하는 거야. 학교 측에서 보면 월등하게 강한 조직이 하나 있는 게 더 관리하기 쉽거든. 그만그만한 조직들이 많으면 더 골치 아프잖아? 그래서 일진들이 새로 생기는 조직들 짓밟을 때마다 그냥 넘어가는 거지. 솔비 년도 그렇게 당한 거야. 그래도 제법 세력이 컸는데, 솔비 년이 하도 처참하게 당해서 접시처럼 깨져 버렸어. 그게 뭐야? 자기 따르는 애들 앞에서, 잘못했다고 오줌을 질질 싸면서 일진 짱 그년 발바닥을 핥아 댔다니까!"

"아주 영화를 찍었네!"

"오빠 동생들은 왜들 그래?"

"어이 실종!"

"혹시 오빠도 걸핏하면 오줌 질질 싸 대는 거 아냐?"

"푸웃!"

"어쨌든 그 싸가지가 가출한 건 그거 때문일 거야. 그 지경으로 당했는데, 어떻게 학교에 다니겠어?"

선비는 은연중에 솔비가 남긴 쪽지를 떠올렸다.

엄마, 미안해.
친구들이랑 여행 좀 다녀올게.

식탁 위에 있던 쪽지는 선비가 가장 먼저 보았고, 그다음에는 용비, 어머니 순이었다. 용비랑 어머니는 한마디 말이 없었다. 선비는 잠들기 전에 어머니한테 가서 왜 아무런 말도 하지 않느냐고 물었다. 어머니는 밤이 늦었으니 가서 자라고 속삭이면서 희미하게 웃었다.

"누나는 가출한 게 아니야. 낮에 엄마한테 문자 남겼더라. 아빠를 만나고 오겠다고. 누나는 늘 아빠 걱정을 했잖아? 벌써 몇 달째 아무런 연락이 없으니 그럴 만도 하지. 누나가 나서기 전에 엄마가 나섰어야 했는데……."

선비는 고개를 흔들었다. 어머니의 눈만 봐도 솔비가 아버지를 찾으러 가지 않았다는 걸 알 수 있었다. 하지만 선비는 어머니가 힘들어할까 봐 더 이상 캐묻지 않았다.

오늘이 월요일이니까 벌써 사흘이나 지났다.

이기적인 용비야 그렇다 쳐도, 어머니까지 손발을 놓아 버리고 있다는 사실을 선비는 받아들일 수가 없었다. 이건 어머니로서 직무유기 아닌가. 경찰에 가출 신고라도 해야 하는 거 아닌가. 선비가 그렇게 나서면 어머니는 그저 걱정하지 말라는 말만 되풀이할 뿐이었다. 그런 어머니의 속내를 도무지 가늠할 수가 없었다.

선비는 솔비도 좋아하지 않는다. 다만 가족이기 때문에 걱정도 되고, 그래서 직접 찾아보려고도 해 봤지만 결국 주저앉았다. 솔비에 대해서 도무지 아는 게 없었다. 가장 친하게 지내는 친구들이 누구인지, 심지어 이 학년 몇 반인지도 몰랐다. 그러니 솔비가 왜 집을 나갔는지는 더더욱 짐작조차 할 수 없었다.

"그나저나 오빠 뭐 해? 나 기절하기 십 초 전. 빨리 가자. 저런 애가 범생이라니? 혹시 자폐 있는 거 아냐?"

"꼴통!"

"그런 애들이 공부는 또 잘하는 경우 있잖아?"

"왕꼴통!"

"어휴, 재수 없어. 꼭 생긴 것도 범생이처럼 생겼다! 초딩 때부터 고 삼처럼 열공한다는 또라이! 오빠네 식구들은 다 나사가 한 개씩 풀린 것 같아. 이상해!"

"개꼴통!"

선비는 여자애 말에 맞장구치는 용비가 더 한심했다. 그러고 보니 선비는 용비에 대해서도 아는 게 거의 없었다. 선비는 다섯 살 때부터 용비랑 한방에서 살았는데 그가 무슨 드라마를 좋아하는지, 어떤 취향의 여자를 좋아하는지, 장래 희망이 무엇인지, 문과인지 이과인지, 어떤 대학에 가고 싶은지, 심지어 용비의 이름이 정확히 무슨 뜻인지도 몰랐다.

#4

어디 그뿐이랴. 선비는 아버지에 대해서도 아는 게 없었다. 당연히 무슨 일을 하는지도 몰랐다. 다만 아버지가 식구들에게 자신의 존재를 당당하게 드러내지 못하고 있다는 것만 느끼고 있을 뿐이었다. 어머니가 직장을 나가기 시작한 것은 선비가 초등학교 삼 학년 때였는데, 그때부터 아버지는 집 안 어두운 곳으로만 기어 다니는 바퀴벌레들보다 더 눈에 띄지 않았다. 아버지는 하루 종일 말 한마디 없을 때도 있었고, 지방에 일을 나간다고 몇 달씩 사라지기도 하였으나 아무도 그를 찾지 않았다. 이번에도 사 개월이 넘도록 소식이 없었지만 아무도 걱정하지 않았다. 오직 솔비만이 어머니한테 아버지의 안부를 물었을 뿐이다.

"엄마, 아빠한테 전화 안 왔어?"

"후유!"

"엄마하고는 가끔씩 통화하는 줄 알았는데……."

"끄응!"

"아빠는 왜 핸드폰도 꺼 놓고 살지?"

"에구!"

#5

"쾅!" 하는 소리가 집 안을 흔들었다. 용비는 밖으로 나갈 때마다 괜히 현관문을 걷어차는 버릇이 있었다. 선비는 천천히 화장실 문을 열었다. 화장실 앞에 쪽지가 놓여 있었다.

병생아, 형아가 니 돈 좀 빌려 간다 ㅋㅋㅋㅋ
벽시계 속에다 숨겨 놓은 거. 나 대개 잘 찾지?
탐정 해도 되겠지?
나중에 형아가 꼭 갚을게. 미아안~

선비는 그 쪽지를 입에 넣고 씹어 대다가 변기에다 퉤 뱉었다.

"이 기름병 새끼! 하수구에나 푹 빠져 버려!"

'기름병'은 용비의 별명이다. 용비가 중학교 삼 학년 때 냉장고에 있는 콜라를 들이켠 적이 있는데, 그 병 속에는 콜라가 아니라 참기름이 도사리고 있었다. 용비는 참기름을 실컷 들이켜고 나서야 우웩우웩 토악질했으나, 까마득한 낭떠러지 같은 배 속으로 떨어져 버린 참기름은 완강히 거부하면서 되돌아 나오지 않았다. 결국 용비는 "에이, 씨바, 존나!"라는 말만 수백 번 뱉어 내고는 화장실로 달려가서 주르륵주르륵 설사를 해 댔다.

"우와, 역시 미끌미끌한 기름이라 존나 빠르다. 입으로 들어가더니 똥구멍으로 KTX처럼 나오네!"

솔비가 거실 바닥이 쿵쿵쿵 울리도록 발을 구르며 웃어 댔다. 용비는 알 수 없는 욕을 뱉어 내면서 계속 변기 물을 내리더니, 화장실에서 나오자마자 고목이 쓰러지듯 거실 소파에 누워서 코를 골았다. 솔비는 잠든 용비를 보고 "저 기름병 속으로 탱크가 지나가나 보다!" 하고 손가락질했다. 그날부터 용비를 '기름병'이라고 불렀다.

선비는 돈을 훔쳐 간 용비가 죽이고 싶을 정도로 미웠다. 그 돈은 기타를 사려고 아껴서 모아 놓은 용돈 중 일부였다.

#6

"야, 밑 빠진 기름병 같은 놈아! 이제 몇 년만 지나면 우리는 끝이다! 그때는 서로서로 아는 체하지 말자구! 너는 너대로 살고, 나는 나대로 사는 거야. 어차피 우리는 지금도 남남처럼 지내잖아? 잘됐어. 나도 구질구질하게 너 같은 놈이랑 형, 동생 하면서 살기 싫어. 물론 지금도 널 형이라고 생각하지 않지만, 고등학교만 졸업해 봐라. 너하고는 끝이야. 형? 형 좋아하네! 네가 무슨 형이야. 형 자격이나 있어? 맨날 내 돈이나 훔쳐 가는 놈이. 두고 봐라! 두고 봐라! 두고 봐라!"

선비는 용비가 훔쳐 간 삼만 원을 모으기 위해서 지난 석 달간 군것질 한 번 하지 않았다. 결국 올해 안에 기타를 사려고 한 계획은 물거품이 되어 버렸다. 지금까지 용비가 훔쳐 간 돈은 십만 원이 넘었다.

선비는 피아노 건반을 누르듯이 손가락을 하나씩 꼼지락거렸다. 이런 때 피아노라도 있었으면 얼마나 좋을까. 하지만 아쉽게도, 피아노는 지난겨울 이 집으로 이사를 오면서 처분하였다. 어머니의 입은 "선비야, 괜찮아. 솔직하게 말해. 네가 싫다고 하면 팔지 않을 테니까." 하고 말했지만, 어머니의 눈은 '선비야, 어차피 음악을 전공할 것도 아니니 피아노는 처분하자. 앞으로도 얼마나 이사를 다녀야 할지 모르는

데, 저 피아노가 골칫거리라는 거 잘 알지?' 하고 말하고 있었다. 선비는 망설임 없이 팔자고 말했다. 선비는 그 피아노처럼 식구들에게 짐이 되기는 싫었다. 하지만 이렇게 속상한 일이 생길 때면 마법처럼 자신의 마음을 달래 주던 피아노가 간절하게 떠올랐다.

#7

선비를 잘 아는 사람들은 그를 천재 소년이라고 불렀다. 선비가 너무 어려서 자신의 행동을 기억할 수 없을 때부터 그랬다.

선비는 다섯 살 때 할리우드 영화에 나오는 배우들의 말을 자연스럽게 알아들었다. 깜짝 놀란 어머니가 근처 영어 학원에 데려가자, 미국에서 공부했다는 원장은 선비의 청각이 아주 예민하다고 했다. 선비가 인터넷으로 영화를 보며 영어를 혼자 깨우친 것 같다면서, 보기 드문 영재니 신경 써서 가르쳐야 한다고도 했다. 그러나 삼 남매 중 막내로 태어났는지라 어머니는 선비만 따로 챙길 수 없었고, 집안 형편이 팍팍해지자 이 나라 아이들이라면 누구나 거쳐 가는 동네 싸구려 교습 학원조차 밟아 보지 못했다. 어머니 혼자서는 선비의 재능을 감당할 수가 없었다.

초등학교 이 학년 때 선비가 피아노 치는 것을 우연히 본 어머니는 '쟤가 내 아들인가? 어떻게 저럴 수가 있지?' 하고 다시 깜짝 놀랐다. 선비는 솔비가 치다가 방치해 놓은 피아노 앞에 앉아서, 동네 피아노 학원에서는 가르칠 수 없는 선율들을 자유롭게 흘려보내고 있었다.

"이 아이는 절대 음감을 가지고 있어요. 인터넷이나 텔레비전에 나오는 음악을 귀로 듣고 그대로 피아노에 앉아서 치는 겁니다. 이런 아이는 저도 못 가르쳐요. 원하신다면 제가 좋은 선생님을 소개하겠습니다."

어머니는 동네 피아노 학원 원장이 하는 말을 들었을 때, 가슴이 덜컹 내려앉았다고 친척들에게 하소연하였다.

피아노를 팔면서도 어머니는 선비에게 좋은 선생님을 소개해 주지 못해서 미안하다고 하였다. 선비는 괜찮다고 웃어 주었다. 자신이 음악에 재능이 있다는 것은 알지만, 음악을 하기 위해서는 어머니가 감당할 수 없는 돈이 필요하고, 또 운 좋게 공부하고 유학을 간다고 해도, 먹고사는 일이 힘들 거라는 사실을 알았다. 선비는 존재감 무거운 아버지로 살고 싶었다. 그럴 자신이 없으면 결혼하지 않겠다고 수백 번도 더 다짐한 상태였다. 그래서 음악에 대한 꿈은 쉽게 접을 수 있었다.

대신 평생 음악을 즐기면서 살고 싶었다. 선비는 얼마 전부터 기타를 염두에 두고 있었다. 지난 이월, 근처에 사는 외숙모를 따라 우연히 교회에 갔다가 처음으로 기타를 만져 보았다.

"선비야, 한번 쳐 봐. 넌 절대 음감을 가지고 있잖아? 피아노도 안 배웠지만 곧잘 치고. 너라면 칠 수 있을 거야."

선비는 처음으로 여섯 개의 줄이 토해 내는 음을 들었다. 신기했다. 선비는 그날 기타에 푹 빠져 버렸다. 그래서 교회 청소년 밴드부에 정식으로 가입도 했으나, 딱 보름 만에 그만두었다. 반드시 교회에 다녀야 한다는 조건뿐만 아니라, 걸핏하면 모여서 연습해야 한다는 강요도 받아들일 수가 없었다. 만나서 연습하는 시간을 줄여 달라고 했지만, 다른 사람들을 설득시킬 수 없었다. 시간 낭비였다. 선비는 혼자서도 충분히 기타하고 친해질 수 있었다.

#8

이제 기타도 날아갔구나!

선비는 맥이 빠졌으나, 이런 때일수록 기운을 내야 한다고 자신을 달랬다. 냉장고에서 얼린 요구르트를 꺼내 수저로 파먹으며 수학책을 펼쳤다.

선비는 수학책만 보면 마음이 편안해졌다. 피아노 앞에 앉아 있을 때와 기분이 비슷했다. 가령 방정식을 접할 때면 미지수 x가 자기 자신인 것 같았고, 머리가 맑아지고 휘파람이 절로 나오면서 미로 속으로 들어가는 것처럼 호기심이 움텄다. 그렇게 서두르지 않고 이런저런 궁리를 하면서 숫자와 놀다 보면 저절로 정답이 나왔다. 그때마다 선비는 오랜 탐험 끝에 보물이라도 찾은 것처럼 "야아!" 하고 소리치거나 "이거다!" 하고 벌떡 일어나서 손뼉을 치기도 했다. 그때의 기분은 짜릿했다.

#9

선비는 기지개를 켜다가 이상한 소리를 들었다. 아기 울음소리 같았다. 숨을 멈췄다. 그 소리는 현관문 틈으로 새어 들고 있었다. 선비가 살그머니 문을 열었다. 세차게 쏟아지는 비의 서슬은 여전했다. 선비는 그 속으로 사라진 용비를 떠올리고는 신나게 소리쳤다.

"잘됐다! 비야, 비야, 더 퍼부어라! 기름병 그 새끼는 덩치가 커서 아무리 큰 우산을 써도 소용없을 거야. 비야, 비야,

마구마구 퍼부어 버려라! 기름병이 쫄딱 맞아서 대머리독수리처럼 머리카락 다 빠져 버릴 때까지 퍼부어 버려라!"

선비는 봄날의 평화를 처참하게 깨트린 저 빗줄기가 고마웠다. 비를 보고 고맙다고 박수 칠 때도 있다니. 지금쯤 어딘가에서 비를 맞아 난처하게 떨고 있을 용비를 떠올리니 폴딱폴딱 뛰고 싶어졌다.

그러다가 선비는 다시 울음소리를 들었다. 현관문 뒤에 고양이 한 마리가 웅크리고 있었다. 비를 피하려고 들어온 모양이었다.

"에이, 고양이잖아. 고양아, 아기 울음소리인 줄 알고 깜짝 놀랐어."

고양이는 연한 황토색 바탕에 밤색 얼룩이 새겨져 있었다. 선비는 조심스럽게 고양이 털을 쓰다듬었다. 고양이는 가만히 있었다. 고양이 털은 눈으로 짐작한 것보다 훨씬 더 부드러웠다. 그러다 고양이 등허리에 묻은 피를 보았다. 살가죽이 제법 찢어져 있었다.

"뭐야, 다쳤잖아! 이거 안 되겠는데……."

선비는 고양이를 안고 집으로 들어갔다. 고양이는 거의 움직임이 없었다. 가끔씩 아기 울음소리를 아주 낮은 소리로 되풀이할 뿐이었다. 상처가 깊지는 않았다. 그래도 상처에다 연고를 바를 때는 "야아아옹!" 하고 얼굴을 찡그리며 크게 소리쳤다. 선비의 손가락도 은연중에 떨렸다.

"이제 됐어. 내가 고양이에 대해서는 잘 모르지만, 이 정도 상처면 괜찮을 거야. 난 너보다 더 크게 다쳤을 때도 이 연고 바르고 나았거든. 괜찮아!"

고양이는 한쪽 눈만 뜨고 선비를 올려다보았다.

선비가 십여 분쯤 수학책을 보다가 내려다보니, 고양이는 발밑에서 잠이 들어 있었다. 고양이는 두 시간이 지나서야 나가려고 하였다. 다행히도 비는 그쳐 있었다.

#10

다음 날이었다. 선비는 학교에서 돌아오다가 집 앞에서 그 고양이와 다시 마주쳤다. 고양이는 인간들이 알 수 없는 말을 몇 마디 토해 내고는 선비의 눈치를 살폈다. 선비는 고양이의 상처를 다시 한번 소독해 주고 싶었다.

어젯밤, 선비는 인터넷에 고양잇과 동물에 대해 검색해 보았다. 고양잇과 동물들은 상처가 나면 혀로 핥아 스스로 소독하고 치료한다고 했다. 고양이의 침이야말로 아주 효과 좋은 소독약이었다. 문제는 이 고양이처럼 혀가 닿을 수 없는 곳에 상처가 났을 때였다. 그럴 때 노련한 고양이들은 햇볕을 쬐어 소독하거나, 다른 고양이의 도움을 받기도 할 것이다. 그래도 상처가 낫지 않으면 시름시름 앓다가 죽을 수밖에 없겠지. 선비는 이 고양이가 그런 모든 과정을 다 거치고 나서 자신에게 도움을 청했을 거라고 판단했다.

선비는 고양이와 눈높이를 맞추기 위해 몸을 웅크린 다음, 고양이 털에다 자기 볼을 비볐다. 고양이들이 하는 가장 살가운 인사법이 볼비빔이라는 것도 어젯밤에 알았다. 고양이는 더욱 볼에다 힘을 주고 선비의 볼부터 팔, 옆구리, 다리까지 마구 비벼 댔다. 그 느낌이 좋았다. 인간들도 이렇게 인사를 한다면 얼마나 좋을까. 선비는 잠깐 식구들을 떠올렸다가 이내 고개를 저었다.

"고양아, 한 번만 더 치료하자."

선비는 고양이를 안고 집으로 데려가 치료를 해 주었다. 고양이는 연고를 다 바를 때까지 움직이지 않았다. 치료가 끝나자 그제야 집 안 구석구석을 돌아다니면서 보더니, '아, 이제 집에 가야겠다!' 하는 마음이 들었는지 신발장으로 걸어갔다. 고양이는 현관문을 발톱으로 긁어 댔다. 그건 고양이를 전혀 모르는 사람이라고 해도 알 수 있는 말이었다.

'어서 문을 열어 줘.'

고양이의 언어를 한마디도 내세우지 않고 저렇게 몸짓으로만 제 뜻을 전달하는 녀석을 보니, 선비는 감탄사가 절로 나왔다.

"이야, 진짜 머리 좋다. 저걸 보면 인간이 만물의 영장이라는 말도 틀렸어. 저 고양이는 수학을 아주 좋아할 거야."

선비는 어떻게 하면 자신의 뜻을 전달할 수 있을까 잠깐 고민하다가, 현관 앞에서 고양이처럼 엎드린 다음, 한 손을 들어 흔들어 주었다.

#11

선비는 구불구불한 골목으로 들어서면서 한숨을 내쉬었다. 가슴이 답답해졌다. 이 골목에 들어서면 벌써 집 안에 들어온 느낌이었다. 며칠 새 봄바람은 순하게 길들어 있었고, 골목 구석구석에서 풀들이 아이들처럼 우르르 몰려나오고 있었다.

골목 입구에는 그리 크지는 않아도 맵시 있게 자란 벚나무 한 그루가 환하게 꽃을 피우고 있었다. 엄청난 비바람을 이겨 낸 나무는 이제 마음껏 자신을 치장할 수 있었다. 사람들은 벚꽃을 보고 웃었다. 선비는 그 꽃을 보고 어머니랑 용비를 떠올렸다. 어머니랑 용비도 저 꽃을 보고 웃었을까. 선비는 고개를 가로저었다.

"외계인이 가출한 지 열흘째네."

어머니는 그동안 집을 나간 솔비에 대해서 특별한 언급을 하지 않았다. 그건 용비도 마찬가지였다. 지독한 사람들이다. 같은 유전자가 흐르는 가족이 정말 맞는지 검사라도 받아 보고 싶은 심정이었다. 어쩌면 도플갱어나 좀비일지도 모른다. 어디서부터 뭐가 잘못되었는지 알 수 없었다. 선비는 집에 들어가기만 하면 숨이 막혔다. 집은 무덤 같았다.

"아, 답답해. 만약 깜박이가 없었다면 심장이 빵, 터져 버렸을지도 몰라."

깜박이는 그 고양이다. 선비가 치료해서 보내 준 다음 날부터 고양이는 정확하게 오후 다섯 시가 되면 찾아와서 문을 발로 긁어 댔다. 선비가 문을 열어 주면 아주 오래전부터 그래왔다는 듯 고양이 특유의 걸음걸이로 들어왔다. 고양이는 왼쪽 눈을 깜박이는 버릇이 있었다. 그래서 선비가 깜박이라는 이름을 붙였다.

"고양아, 널 깜박이라고 부를게. 넌 따로 이름이 있을 수도 있겠지. 네가 직접 지은 이름도 있을 테고, 네 부모님이 지어 준 이름이 있을 수도 있고, 네 친구들이 지어 준 이름이 있을 수도 있어. 문제는 내가 그 이름을 알 수가 없잖아? 그렇다고 너한테 고양아, 하고 심심한 이름으로 부르기는 싫어. 그래서 고민했는데, 깜박이라는 이름이 괜찮을 것 같아. 물론 더 아름답고 신비로운 이름도 좋겠지만, 이름 속에 너만의 모습이 들어 있음 더 좋을 것 같아서. 난 가끔씩 눈을 깜박이는 네가 귀엽거든. 너도 싫지 않지?"

깜박이는 언제나 자신의 의사 표시를 분명하게 하였다. 싫으면 긴 꼬리를 바닥에 붙인 채 단호하게 흔들었으며, 선비가 하는 말에 동의할 때는 다가와서 몸을 비볐다.

깜박이는 가만히 앉아서 선비의 이야기를 들어 주었다. 선비는 깜박이만 보면 몸속에 수십 마리의 수다쟁이 참새들이 들어와 있는 기분이었다. 저도 모르게 재잘재잘 떠들어 댔다. 그건 선비 스스로도 상상 못 한 일이었다. 참으로 알 수 없는 일이었다.

#12

선비는 지금까지 자기 속마음을 털어놓을 수 있는 친구를 사귀어 본 적이 없다. 초등학생 때 몇몇 아이들이랑 가깝게 지내기는 했으나, 또렷하게 그려지는 얼굴은 하나도 없었다. 그만큼 아이들을 형식적으로 대했다는 뜻이다.

중학생이 된 뒤로도 마찬가지다. 선비는 아이들하고 적당한 거리를 유지하면서 학교생활을 하였다. 선비가 학원에 다니지 않아서 그런지, 학교 밖에서 아이들을 만나는 경우는 거의 없었다.

선비는 지금 자신이 처해 있는 환경이 다른 아이들하고 너무 다르다고 결론지었다. 어머니의 호주머니는 선비한테 핸드폰도 사 주지 못할 정도로 가난하고, 아버지는 어디에서 어떻게 살아가고 있는지 알 수도 없고, 솔비는 가출한 지 열 흘째였고, 올해 고 삼인 용비는 벌써 수능 포기자처럼 행동했다.

같은 반 아이들이 이 이야기를 들으면 뭐라고 할까. 선비는 끔찍했다. 차라리 혼자 지내는 게 더 나았다. 설령 마음이 맞는 친구가 있다고 해도 같이 어울려 다닐 자신이 없었다. 친구는 없어도 살 수 있지만, 공부를 하지 않으면 불안해서 하루도 견딜 수가 없었다. 결국 선비는 지금은 친구를 사귈 때가 아니라고 판단했다. 친구들이랑 놀 시간이 있으면 영어 단어 하나라도 더 외워야 할 때라고 자신을 다그쳤다.

얼마 전에도 선비는 일기장에다 '친구는 나중에 어른이 되어서 사귈 수밖에 없다'고 적었다. 선비는 혼자서도 잘할 자신이 있었다. 외롭다는 생각이 들 때도 있지만, 그때마다 공부에 몰두하거나 그것도 안 되면 피아노나 기타 치는 상상을 하였다.

그런데 솔비가 집을 나간 뒤로는 그런 방법을 다 써도 답답하고 불안한 마음을 달랠 수가 없었다. 그때마다 선비는 깜박이를 떠올렸다. 신기하게도 선비의 입은 그 고양이만 만나면 저도 모르게 수다를 떨었다.

"깜박아, 넌 가족이 어떻게 되니? 난 가족이라고 있어 봤자 아무런 도움이 안 돼. 다들 골칫덩어리야. 어제 말한 것처럼 우리 아버지는 지금 어디서 뭘 하는지도 몰라. 아버지 친척들도 거의 모르고. 별로 본 적이 없거든. 아버지 고향은 추자도라는 섬이야. 제주도하고 가까운 곳이라고 하는데, 난 한 번도 가 본 적이 없어. 아버지도 중학생 때 서울로 이사를 왔다고 하는데……. 거기에 바다코끼리처럼 몸이 거대한 고모할머니가 사신다는 이야기만 들었어. 그거 말고는 아버지에 대해서 아는 게 없어. 아버지 이름이 무슨 뜻인지, 가만있자, 아버지 혈액형은? 아버지가 종교를 가지고 있나? 좋아하는 노래는? 어머니에 대해서도 잘 몰라. 그래도 어머니 친척들은 종종 보니까 알지만, 엄마가 무슨 색을 좋아하는지, 무슨 과일을 좋아하는지, 꿈이 무엇이었는지, 어떤 영화를 좋아하는지……. 몰라, 몰라! 얼마 전까지는 마트에서 일하신 것 같은데, 지금은 보험 설계를 하시는 것 같고. 물론 이것도 확실하지 않아. 우리 식구는 서로에게 아무런 말을 하지 않거든. 나도 몰라. 용비랑 솔비가 무슨 생각을 하는지……. 그럼 나도 그렇게 살아야 하는데 그게 안 돼. 자꾸 저렇게 공부

안 하는 용비가 걱정되고, 집 나간 솔비가 걱정되고, 어머니
랑 아버지도 걱정되고……. 깜박아, 어떨 땐 식구들 걱정에
밥맛을 잃기도 해. 나도 신경 쓰고 싶지 않은데, 그게 안 돼.
미치겠어. 머릿속에 식구들 걱정이 가득 차서 학교에서도 집
중을 할 수가 없어. 그래도 깜박이 너를 보면 마음이 편해져.
내가 이렇게 수다쟁이가 되다니. 내 몸속에 이렇게 많은 말
들이 숨어 있었다니. 놀라워. 나는 말 많은 애들이 가장 싫었
거든. 지겨웠거든. 내가 조금만 어렸어도, 고양이인 너를 보
고 '너 혹시 마법사 아니니?' 하고 물었을지도 몰라. 너는 정
말 마법사 같아. 내 몸속에 웅크리고 있던 말들을 자유롭게
해방시켜 주는 힘을 가진 마법사!"

#13

　벚꽃 꽃잎이 하루살이 나비가 되어 날아다니다가 담장 밑
에 내려앉았다. 바로 그곳에 깜박이가 웅크리고 있었다.
　"깜박아, 너 설마 꽃잎을 나비로 착각하고서 잡으려고 기
다리는 건 아니지?"
　선비는 깜박이를 안았다가 눈을 찌푸렸다.
　"으악, 이게 뭐야? 도저히 참을 수가 없네. 아직 상처가 다

낫지 않아서 세균에 감염되면 안 되는데…….”

깜박이 몸에 숨어 있던 음식 썩은 냄새가 고약하게 코를 찔렀다. 선비의 몸속 모든 세포들이 멀미를 일으키며 역겨워하였다.

선비는 깜박이를 안고 집으로 갔다. 화장실에 들어가 세숫대야에다 미지근한 물을 받았다. 선비가 조금씩 물을 끼얹어도 깜박이는 가만히 있었다. 선비는 깜박이 털에다 비누칠을 하고 손가락으로 조심스럽게 문질렀다.

깜박이의 몸은 눈으로 보는 것보다 훨씬 야위어서 뼈만 잡혔다. 이렇게 눈과 손이 차이 날 수가 있을까. 선비는 처음으로 눈에 보이는 것이 사실이 아닐 수도 있음을 깨달았다. 눈보다 손이 수학에 더 가깝다는 사실도 깨달았다. 놀랍게도 숫자는 거짓말하지 않는다. 손도 거짓말하지 않는다.

“아하, 그래서 아이들이 수학을 싫어하는지도 몰라. 아이들은 수학을 눈으로 풀잖아? 수학을 손으로 만지면서 풀 수 있다면, 수학이 손하고 닿을 수 있다면, 그럴 수만 있다면 아이들이 수학을 좋아할 텐데.”

선비는 그렇게 중얼거리면서 깜박이 몸을 구석구석 어루만졌다. 그러다가 선비의 손이 무심코 왼쪽 눈 위를 문지르려고 하자, 깜박이가 갑자기 매섭게 앞발을 휘둘렀다. 그 발톱에 선비의 손등이 걸렸다면 심각한 상처를 입을 뻔했다.

싸늘한 느낌이 선비의 손으로 전해졌다. 무엇 때문인지는 모르겠으나, 깜박이는 왼쪽 눈 위에 손을 대지 못하게 했다. 선비는 미안하다고 깜박이를 달랬다. 드라이어로 털을 말려 주면서도 선비의 손과 눈은 예민하게 깜박이의 표정을 살피고 있었다.

#14

"꺄악! 이게 뭐야?"

갑자기 화장실 문이 열렸다. 그와 동시에 솔비의 허스키한 목소리가 선비의 고막을 흔들었다. 영화 〈101마리 달마시안〉에 나오는 강아지 인형을 안고 있는 걸 보니 잠을 자다가 나온 게 틀림없었다. 설마 집 안 어딘가에 비밀 동굴을 뚫어 놓고 지난 열흘간 자다 나온 것은 아닐 테고, 오늘 집에 들어와 늘어지게 자다가 일어났음을 알 수 있었다.

"헐, 진짜 외계인이다!"

'외계인'은 솔비의 별명이다. 작년까지만 해도 솔비는 초록색이랑 보라색 렌즈를 끼고 다녔다. 선비가 보기에도 컬러 렌즈를 낀 솔비는 정말 외계인 같았다.

선비는 오렌지색으로 물들인 솔비의 머리를 보면서 "진짜 외계인이 되셨어!" 하고 코웃음을 날렸다. 솔비는 대꾸하지 않고 선비가 안고 있는 깜박이만 노려보았다. 선비는 빠르게 솔비를 훑어보았다. 머리 색 빼고는 예전과 크게 달라진 점을 찾아낼 수 없었다. 선비는 그런 솔비를 보자 나쁜 일이 생기지 않았다는 안도감과 함께 분노가 치밀어 올랐다. 거기까지일 뿐, 선비는 아무것도 할 수가 없었다. 어디서 뭘 하다가 왔냐고 다그칠 수도 없었고, 그렇다고 혼내 줄 수도 없었다. 키가 백육십도 채 되지 않는 선비가 아무리 여자라고 해도 자기보다 세 살이나 많고, 십오 센티나 더 큰 솔비를 당해 낼 수는 없었다.

선비가 화장실 앞에다 깜박이를 내려놓고 볼을 비비자, 솔비는 다시 "꺄악!" 하고 소리치면서 화장지로 코를 막았다. 깜박이가 놀라서 선비의 책상 밑으로 달아났다. 선비는 고양이처럼 앞발을 휘두르면서 방문을 막아섰다. 솔비는 계속 발을 굴렀다.

"누가 너더러 집에서 고양이 키우래?"

"개지랄!"

"좋은 말 할 때 내보내라. 나 고양이 털 알레르기 있다구!"

"개알레르기!"

"야, 위인전! 너 진짜 까불래? 어어어, 내 몸에서 소름 돋는다. 난 고양이만 보면……. 벌써 몸이 근질근질하려고 해.

어서 내보내, 어서!"

"개소름!"

"야, 너 진짜 죽을래? 난 이 세상에서 고양이가 가장 싫어, 가장 싫다구!"

"내 친구야!"

"뭐, 친구우? 이야, 이런 날도 있네. 네 입에서 친구라는 말이 나오다니! 너한테도 친구가 필요하기는 한 모양이구나? 도둑고양이 친구라니! 넌 참 특이하다."

"참견 마!"

"오늘은 누나가 너무 피곤해서 참는다. 네 성격이 워낙 특이해서 이럴 수 있다는 거 알지만, 그래도 고양이는 아니잖아? 이게 뭐냐, 초딩처럼 쪽팔리게. 어서 치워라."

"개초딩!"

"야, 위인전! 어서 치우라니깐!"

"내 맘이야!"

#15

선비가 재빠르게 방문을 닫았다. 솔비는 문이 부서지도록 발로 차 댔다. 벼락이라도 맞은 것처럼 집 안이 흔들렸고, 그때마다 깜박이는 놀라 달아나려고 했다. 선비는 깜박이 얼굴에다 볼을 비벼 대면서 꼭 끌어안았다.

"야, 위인전! 너 동물 별로 안 좋아하잖아?"

"상관 마!"

"문 안 열어? 다 부숴 버릴 거야!"

솔비가 더욱 거칠게 방문을 찼다. 선비는 깜박이를 안고 붙박이장 안으로 들어가서 문을 닫아 버렸다.

빛이 차단되자 깜박이가 눈에다 불을 켰다. 깜박이의 눈에서 파란빛이 흘러나왔다. 인간인 선비의 입장에서 보면 겨우 상대를 알아볼 수 있을 정도의 조도지만, 고양이의 입장에서는 대낮의 하늘에서 쏟아지는 햇빛만큼이나 밝다는 것이 신비로웠다.

이것만 봐도 고양이는 대단한 생명체다. 어둠 속에서 인간은 반드시 불빛의 도움을 받아야만 무엇인가를 구별할 수 있다. 그러나 고양이들은 태양이 지배하는 낮보다 달이 다스리는 밤의 세계를 더 좋아한다. 그들에게는 어둠이 전혀 불편하지 않기 때문이다. 선비는 문득 그런 생각을 하면서, 나중에 다시 환생할 수 있다면 꼭 고양이 같은 동물로 태어나고 싶다고 가슴에다 손으로 글씨를 썼다.

선비도 왜 갑자기 고양이가 좋아진 건지는 알 수 없었다.

"아니야. 고양이를 갑자기 좋아하게 된 게 아니야. 내 생각은 변함이 없어. 다른 사람들이랑 내 생각이 달라서, 내가 동물을 싫어한다고 생각했을 뿐이야. 난 동물을 싫어한 적이 없어. 다만 다른 사람들처럼 대하고 싶지 않았을 뿐이야. 난 다른 사람들처럼 대할 자신이 없었어. 그러면 동물들이 싫어할 것 같았어."

선비가 초등학교 사 학년 때 유독 동물을 좋아하는 이웃집 아이가 있었다. 선비보다 나이가 많았던 그 아이는 햄스터를 비롯하여 토끼, 도마뱀, 고슴도치까지 키우고 있었다. 그 아이는 동물들을 한 마리씩 꺼내서 인형처럼 가지고 놀았다. 그 아이는 동물들에게 자신을 '형아'라고 했다.

'형아'라는 말을 들을 때마다 동물들이 얼굴을 찡그리는 것 같다고 선비는 생각했다. 동물하고 사람은 분명히 다른데, 어떻게 형이 될 수 있을까? 진짜 그 아이가 그 동물들보다 나이가 많을까? 별의별 생각을 다 했다.

그 아이의 부모와 누나도 동물들을 똑같이 대했다. "자, 엄마한테 와 봐." 하거나 "으, 더러워. 이리 와. 누나가 씻겨 줄게." 하고 말했다. 눈을 감고 들으면 영락없이 어린아이에게 하는 말이었다. 선비는 그런 일방적인 관계를 받아들일 수가 없었다. 당연히 그 아이의 집에 가면 늘 불편했다.

한번은 그런 이야기를 솔비한테 했더니 "넌 참 특이해." 하고 눈을 부라렸다.

"아이고, 답답해. 물론 사람하고 동물은 달라. 하지만 애완 동물은 집에서 한 식구처럼 사니까 형이나 누나, 엄마나 아빠처럼 생각할 수도 있는 거야. 무슨 말인지 알겠어?"

"이웃집 아주머니가 강아지를 낳은 것도 아니잖아."

"아이고, 답답해. 나도 강아지를 키우면 그렇게 말할 거야. 만약 암컷이면 나를 언니라고 소개할 거고, 수컷이라면 누나라고 소개할 거야. 그래야 가족 같잖아?"

"그럼 도마뱀이 이웃집 아저씨를 아빠라고 불러야 돼?"

"아이고, 답답해. 그렇게 말을 해 줘도 몰라? 사람하고 동물도 얼마든지 가족이 될 수 있다, 이거지. 그런 거야."

"하지만 도마뱀이 아저씨보다 더 나이 많을 수도 있잖아."

"아이고, 답답해. 또 그 소리. 모르겠다. 그만! 끝! 아웃! 삼진 아웃! 게임 끝!"

선비의 머릿속에는 '인간은 인간이고, 동물은 동물이다'라는 공식이 굳게 뿌리를 내리고 있었다. 그러니까 동물을 인간처럼 대해서는 안 된다. 선비는 고양이의 나이와 인간의 나이가 다르다는 걸 잘 알고 있었다. 인간이 정해 놓은 일 년이라는 세월이 고양이한테는 십 년의 세월일 수도 있다. 그러니 단순히 더 오래 살았다고 해서 언니니 형이니 하는 말을 붙일 수 없다. 그런데 인간들은 무조건 애완동물에게 형, 언니, 누나, 엄마, 아빠라는 호칭을 강요한다. 새끼를 열 번도 넘게 낳은 늙은 개에게도, 이제 유치원에 다니는 아이가 "자, 언니한테 와 봐. 어서!" 하고 소리치는 것을 선비는 자주 보았다. 선비는 어린 시절부터 지금까지 절대 그런 식으로는 동물을 대하지 않겠다고 다짐해 왔다. 그래서 동물을 키우고 싶다고 쉽게 덤벼들지 못했을 뿐이다.

우연히 알게 된 깜박이를 보고 형이나 동생이라는 말을 떠올린 적은 한 번도 없다. 집 안에다 가둬 놓고 키우고 싶다는 생각도 하지 않았다. 언제든지 왔다가, 깜박이가 가고 싶어 할 때 자유롭게 보내 주고 싶었다. 선비가 바라는 것은 그것 딱 하나였다.

'깜박이=내 친구' 혹은 '내 친구=깜박이'는 성립할 수 있지만, 둘 사이에 '>'나 '<' 같은 부등호를 쓸 수는 없다. 친구란 동등한 관계니까.

선비도 같은 또래가 아닌 고양이에게 친구라는 말을 하게 될 줄은 몰랐다. 솔비하고 말다툼을 하면서 불쑥 튀어나온 말이라 약간 어색하기도 했지만, 막상 뱉어 놓고 나니 깜박이한테 더욱 믿음이 갔다. 선비는 깜박이하고 살을 비비면서 "너는 내 친구야." 하고 말했다. 설령 솔비가 문을 부수고 들어온다 해도 이겨 낼 수 있을 것 같았다. 두렵지 않았다.

#16

언제부턴지 주위가 고요했다. 선비가 붙박이장 문을 열자 깜박이가 나갔다. 솔비의 화풀이 대상이었던 방문도 멀쩡했다. 깜박이가 "야옹, 야아옹." 하고 괜찮다는 신호를 보내왔다. 선비는 고양이 걸음으로 나가서 방문을 살그머니 열었다. 코 고는 소리가 들렸다. 용비와 솔비가 닮은 점이 있다면 딱 한 가지, 곯아떨어지기만 하면 코를 곤다는 사실이었다.

코 고는 소리를 듣자 선비는 그제야 긴장이 풀렸다. 깜박이는 어느새 거실 텔레비전 근처까지 가서 주위를 두리번거렸다. 솔비는 소파에다 걸레처럼 몸을 늘어트린 채 잠들어 있었다. 연예인이 꿈인 솔비는 작년까지만 해도 가수가 되겠다더니, 얼마 전부터는 배우가 되겠다고 생각을 바꿨다.

선비는 집에 돌아온 솔비가 가짜일지도 모른다고 생각했다. 진짜 솔비는 어딘가에 묶여 있고 비슷한 짝퉁이 와서 주인 행세를 하는 건지도 모른다고 중얼거렸다.

"깜박아, 저 외계인 년은 정말 한심해. 대체 나중에 뭐가 되려고 저럴까? 지금은 여자들도 예전하고 달라. 예전에는 시집가서 살림만 하면 끝이었지만, 지금은 혼자 벌어서는 살 수가 없잖아. 우리나라 젊은 부부들 중에서 맞벌이의 비중이 칠십 퍼센트가 넘는다는 통계도 있어. 그런데 어떻게 살려고 저러는지 모르겠어. 참 간땡이도 크지. 열흘이나 가출을 하다니. 가출했다가 장기를 불법으로 매매하는 놈들에게 잡히기라도 하면 끝이야. 신체적으로 어른하고 똑같은, 건강한 청소년들만 납치한다고 들었어. 납치해서 눈부터 머리카락까지, 하나도 버리지 않고 다 팔아먹는다고 인터넷에 한동안 난리였는데. 장기가 없어서 못 파는 실정이라고 하니까. 나 같으면 불안해서라도 가출은 못 할 텐데, 대체 어디서 뭘 하다가 왔을까?"

선비는 깜박이를 보면서 계속해서 말을 하였다.

잠시 뒤, 선비는 깜박이를 밖으로 내보내고 식탁에 앉았다. 식탁 위에 어머니의 핸드폰이 놓여 있었다. 분명히 아침에는 없었다. 그러니까 어머니가 낮에 집에 들어왔다가 나갔다는 뜻이다. 어머니가 어딘가에 가서 솔비를 데리고 왔으리란 짐작이 가능했다.

#17

선비가 학교에서 돌아올 때의 하늘은 미세먼지로 먹통이 되어 있었다. 굳이 기상청의 말을 귀동냥하지 않더라도, 얼마나 미세먼지 농도가 심한지 보기만 해도 알 수 있었다.

집에 와서 얼굴을 씻고 나니까 깜박이가 문을 긁어 댔다. 선비는 깜박이랑 마주 보고서 미세먼지에 대해 이야기를 하였다. 앞으로 미세먼지가 점점 심해질 텐데 고양이는 괜찮을까. 고양이는 인간이 사는 도시에 잘 적응한 동물이다. 그러나 앞으로 닥칠 재앙은 아무리 지능이 높은 고양이라고 해도 위태로울 수 있다. 특히 황사나 미세먼지 같은 환경 오염이 가장 무서운 적일 거라고 선비는 말했다. 선비는 깜박이가 자신의 말을 토씨 하나 빠트리지 않고 고막에 주워 담고 있다고 확신했다.

선비는 몇 년 전 일본에서 발생한 원자력 발전소 사고로 얼마나 많은 동물들이 죽었는지에 대해서도 말해 주었다.

"깜박아, 사고는 인간들이 냈지만 죽는 건 인간들만이 아니야. 오히려 인간들보다 수백, 수천 배나 많은 동물들이 죽었어. 그 원전 사고 때문에 앞으로 오백 년간은 피해가 지속될 거래. 많은 동물들이 기형을 낳거나, 면역력이 떨어지고 이상한 병에 걸려서 죽어 가겠지. 정말 끔찍한 일이야. 그런데도 동물에 대한 관심은 전혀 없어. 체르노빌 원자력 발전소 사고가 났을 때도 그랬고, 제이 차 세계 대전 때 일본에 원자 폭탄이 떨어졌을 때도 그렇고⋯⋯."

"야, 위인전!"

솔비가 갑자기 현관문을 열고 등장했다. 솔비는 신발을 벗지도 않은 채 선비 방으로 쳐들어왔다. 선비가 노려보자 신발을 벗고, 호주머니에서 마스크를 꺼내 썼다. 미세먼지 때문이 아니라 고양이 털 때문이라며 발로 깜박이를 가리켰다.

"위인전! 어제는 누나가 피곤해서 봐줬다만 오늘은 안 돼. 좋은 말 할 때 그 도둑고양이 내보내라."

선비는 애써 웃으려고 하였다. 솔직히 솔비하고 마주 보기 싫었다. 식구들도 이해할 수가 없었다. 용비야 그렇다 쳐도, 어머니는 달라야 한다. 어젯밤 늦게야 들어온 어머니는 소파에서 자고 있는 솔비를 깨운 다음, 식탁에 마주 앉아 밥을 먹었다. 어머니는 솔비를 꾸짖지 않았다.

분명히 솔비는 열흘이나 집에 들어오지 않았다. 적어도 같이 사는 가족이라면 어디서 무엇을 하다가 왔는지 최소한의 해명이라도 해야 하는 게 아닌가. 그런 생각을 하다 보니 선비는 그만 맥이 빠져 버렸다. 식구들 모두 보기 싫었다. 차라리 가면을 쓰고 사는 게 더 편할지도 모른다. 아니면 벙어리나 귀머거리로 사는 것도 괜찮을 것이다.

"야, 위인전! 내 말 안 들리냐구!"

선비는 오늘따라 위인전이라는 별명이 싫지 않았다. 위인전은 솔비가 붙인 별명이다. 선비는 동화나 소설보다 위인전이나 평전을 더 좋아한다. 위인전은 허구의 세계가 아니라

실제로 존재했던 사람들의 삶이 들어 있어서 더 관심이 갔다. 읽다 보면 선비도 그들을 닮고 싶다는 욕심이 생겼고, 그만큼 공부해야 한다고 자신을 더 무장시킬 수 있었다.

"야, 위인전! 너 지금 날 개무시하는 거야?"

"흥!"

"이 고양이 눈깔만 한 새끼가!"

"왜?"

"후유, 내가 참는다. 좋아, 너 말이야, 고양이랑 노는 시간이 아깝지도 않니?"

"너나 잘하셔!"

"그럴 시간이 있으면 열공하는 게 낫지. 넌 노는 시간 아까워서 친구도 안 사귀잖아?"

"너나 잘하라니까!"

"저 고양이 때문에 시간 엄청 뺏길 텐데, 위인전답지 않게 왜 이상한 짓을 하고 있니?"

"너나 잘하시라니까!"

선비는 솔비를 쩨려보면서 방문을 닫았다. 솔비는 어제처럼 방문을 발로 차지는 않았다. 대신 낮은 목소리로 마지막 경고를 하였다.

"야, 위인전. 하루 시간 줄 테니까, 잘 생각해라."

#18

선비는 책상에 앉아서 공부를 하다 잠이 들었다. 눈을 떠 보니 여덟 시였다. 깜박이가 나갈 시간이 지나 있었다. 선비는 깜박이를 내려다보았다. 다른 날 같았으면 가까이 다가와 몸을 비비면서 '어서 날 내보내 줘!' 하고 소란스럽게 말을 했을 것이다. 선비는 엎드려서 깜박이를 마주 보았다.

"내가 자고 있어서 기다린 거야? 괜찮으니까 다음부터는 깨워. 알았지? 자, 어서 가야지."

말을 알아들었는지 깜박이는 몸을 일으켜 방문 앞으로 걸어갔다.

그때, 누군가 방문을 두드렸다. 솔비일 거라고 짐작한 선비는 "간섭하지 마!" 하고 소리 질렀다. 어찌나 짜증이 나는지 방문을 걷어차고 싶었다. 선비는 지금까지 살아오면서 누군가를 때려 본 적이 없었다. 사람은 물론이요, 개나 고양이 같은 동물들한테 돌멩이 한 번 던져 본 적이 없으며, 문이나 책상 같은 물건들을 걷어차 본 적도 없었다. 선비는 갑작스럽게 치밀어 오른 충동 때문에 스스로도 놀랐으며 손이 부르르 떨렸다.

"내 친구라고!"

잠시 뒤 톡톡, 톡톡, 톡톡, 가볍게 방문을 두드리는 소리가 다시금 들렸다. 순간적으로 선비는 솔비가 아님을 알았다. 어머니였다. 선비의 이름을 부르는 어머니의 목소리가 문틈으로 새어 들었다. 선비가 방문을 열었다. 어머니가 들어왔다. 며칠 전까지만 해도 짧은 생머리 덕분에 실제 나이인 마흔다섯 살보다 어려 보였으나, 오늘은 오히려 더 나이 들어 보였다. 그만큼 어머니의 얼굴은 거칠어 보였다.

어머니는 한숨부터 쉰 다음, 선비한테 애완동물을 키우고 싶으냐고 물었다. 선비는 애완동물이라는 말에 눈을 찌푸렸다. '애완동물'이란 인간 입장에서 일방적으로 바라본 단어다. 더 구체적으로 풀이하자면 인간들에게 줏대 없이 아양을 떠는 동물들, 인간들을 기쁘게 하기 위해서 살아가는 로봇 같은 동물들이라는 뜻이다. 깜박이가 들으면 기분 나빠할 게 뻔했다.

어머니의 목소리는 더 낮아졌다. 거의 혼자 속삭이는 수준이었다. 어머니는 집이 좁으니 어지간하면 애완동물을 키우지 말았으면 좋겠다고 했다. 냄새며 털이 집 안에서 빠져나가지 않는다는 이유도 들이댔다.

"어머니, 제가 알아서 할게요."

"선비야, 그 고양이는 이 집이 편해지면 여기서 살려고 할 거야. 억지로 내보내면 밤새도록 밖에서 문을 긁어 대고, 문을 열어 달라고 소리치고 난리 칠 거다. 그러기 전에, 더 이상 집 안으로 불러들이지 마라."

"어머니, 제가 알아서 한다니까요!"

선비는 저도 모르게 소리를 지르고 말았다. 어머니가 뱀이라도 본 것처럼 놀라면서 주춤 물러섰다. 용비나 솔비는 무시로 어머니 앞에서 큰 소리를 내질렀다. 그때마다 자기만큼은 절대 어머니에게 화를 내지 않겠다고, 선비는 다짐해 왔다. 지금까지는 그래왔다. 그런 다짐이 이렇게 산산조각 날 줄은 몰랐다. 너무 뜻밖의 상황이라서 선비도 당황했다. 어머니는 그저 멍하니 선비를 바라보고만 있었다. 선비는 이런 순간을 견딜 수 없었다. 차라리 어머니가 화를 내거나 자기보다 더 큰 소리로 윽박질렀더라면, 그랬더라면 마음이 편했을 것이다.

선비는 미안하다는 말을 하려고 했으나, 엉뚱한 말이 튀어나오고야 말았다.

"어머니, 깜박이는 친구네 집에 놀러 오는 거라구요."

"그렇다면 진짜 친구들을 데려오면 되지."

"진짜 친구요?"

"동물은 동물일 뿐이야."

"어머니, 그건……."

"네 친구들이야 얼마든지 데려와도 돼. 자고 가도 되고."

"어머니, 왜 사람은 되고 고양이는 안 되는데요?"

"그건……."

솔비가 방으로 뛰어드는 통에 어머니의 말은 더 이상 이어지지 않았다. 솔비는 쿵쿵 집 안이 울리도록 발을 구르면서 쏘아붙였다.

"엄마, 쟤를 어떡해?"

"내가 어때서?"

"야, 위인전! 고양이는 자기 맘에 안 들면 사람도 해친대."

"신경 *끄셔*!"

"야, 범생아. 나도 고양이를 좋아하지 않아."

언제 집에 왔는지 용비까지 선비한테 눈으로 레이저를 쏘고 있었다.

"뭐야! 다들 짰어?"

"야, 범생아. 잘 생각해라."

"왜들 이래? 내가 뭘 잘못했다고!"

#19

선비는 깜박이를 안고서 집 밖으로 뛰쳐나왔다. 가슴이 터질 것 같았다. 이럴 때 사람들은 미쳐 버릴 것 같다는 표현을 하는지도 모른다.

선비는 다세대 주택 뒤편 향나무 밑에 앉았다. 그곳은 깜박이의 땅이었다. 눈물이 선비의 볼을 타고 아래로, 아래로 떨어졌다.

지금까지 살아오면서 선비가 이렇게 고집을 부려 본 적은 없었다. 선비는 장난감을 사 달라고 떼를 써 본 적도 없고, 달달한 음식을 사 달라고 어머니 손을 잡고 늘어진 적도 없으며, 또래들의 필수품인 핸드폰조차 멀리해 왔다. 그런 욕망쯤은 거뜬히 이겨 낼 자신이 있었다. 그까짓 것 안 먹고 안 보면 그만이지만, 깜박이는 아니었다.

깜박이와 같이 지내고 싶은 마음은 그런 욕망하고는 차원이 다른 문제였다. 이건 누군가와 친구가 되느냐 마느냐의 아주 중요한 문제였다. 이토록 누군가에게 자신의 이야기를 말하고 싶은 적이 없었다. 그래서 선비는 더 절망했다. 식구들은 아무도 선비를 배려해 주지 않았다. 늘 그래왔듯이 이번에도 선비의 편은 아무도 없었다. 아무도 선비를 이해하려고 하지 않았고, 그저 이상한 아이로 색을 입히려고만 했다. 어머니까지 한통속이라는 사실이 선비를 절망스럽게 하였다. 선비는 무릎 사이에다 얼굴을 묻고 울었다. 무릎 밑으로 깜박이가 들어와서 뜨거운 혀로 볼을 핥아 주었다.

"고마워, 깜박아! 아니, 다들 나한테 왜 그러지? 가출했다가 돌아온 외계인한테는 정작 한마디 말이 없고. 너랑 친구

한다는데, 그게 뭐가 잘못이야?"

#20

선비가 자리에서 일어나자 깜박이도 따라왔다. 어서 가라고 손짓해도 말을 듣지 않았다. 선비는 깜박이가 자신을 위로해 주려고 그런다는 사실을 알았다. 깜박이는 선비가 잠깐만 주춤거려도 다리에 붙어 몸을 비벼 댔다. 그럴수록 선비는 깜박이가 고마웠다.

집 앞에서 선비는 어서 가라고, 다시 한번 깜박이의 등을 떠밀었다. 하지만 깜박이는 천천히 문을 열고 집으로 들어가는 선비를 뒤따랐다.

'안 되겠어. 네 눈을 보니까 그냥 갈 수가 없어. 오늘은 내가 곁에 있어 줄게. 너무 걱정하지 마. 난 괜찮아. 그러니까 너도 너무 슬퍼하지 마.'

선비는 깜박이가 그렇게 말해 주는 것 같았다.

선비는 다시 울컥하는 마음을 가까스로 달래면서 깜박이를 안았다. 어머니가 거실에서 팔짱을 낀 채 보고 있었다. 선비는 깜박이를 안고서 얼른 방으로 들어갔다. 다행히도 용비는 벌써 코를 골고 있었다. 선비는 붙박이장으로 들어갔다.

누울 수는 없어도 앉아서 두 다리를 쭉 뻗을 수는 있었다. 선비는 그곳에서 깜박이랑 중얼중얼 이야기를 하다가 그대로 잠이 들었다.

선비는 어머니가 문을 두드리는 소리에 눈을 떴다. 붙박이장 문이 살짝 열려 있었다. 이미 깜박이는 그 틈으로 나갔는지 보이지 않았다. 선비가 붙박이장에서 나가자 깜박이가 어디선가 뛰쳐나오더니 방문을 발로 긁어 댔다. 선비가 문을 열어 주자 밖으로 나갔다.

"어쭈구리! 제법 대가리가 돌아가는 놈이네."

용비가 몸을 일으켰다.

깜박이는 다시 현관문을 발로 긁어 댔다. 선비가 문을 살짝 열어 주자 바람처럼 빠져나갔다.

#21

누군가의 목소리가 선비의 뒷덜미를 낚아챘다. 이런 경우가 거의 없는지라 선비는 "헉!" 하고 뒤돌아보았다. 같은 반인 태섭이가 성큼성큼 걸어오고 있었다. 선비는 걸음을 늦추면서도 주변을 살폈다. 태섭이가 자신을 부를 이유가 없기 때문이었다.

만약 선비한테 태섭이를 소개하라고 한다면 "그놈은 멋있어!"라는 말로 시작할 것이다.

"진짜 멋있어. 백팔십이 훨씬 넘는 키에다, 얼굴은 딱 아이돌형이야. 내가 보기에도 주먹만 한 얼굴이 예뻐. 그러니 여자들한테 인기 짱이겠지. 게다가 성격도 좋은 것 같아. 그놈은 털털하고, 유머도 풍부하고, 정의감도 있어. 작년에 내가 어떤 놈한테 얻어맞은 일이 있었어. 약간 성격에 문제가 있는 놈이었는데, 내가 수학을 잘한다는 이유로, 너는 왜 내가 가장 싫어하는 수학을 좋아하냐면서 괜히 시비를 걸더라고. 사흘 안에 자기가 수학을 좋아하게 해 주지 않으면 가만두지 않겠다고. 나 참, 황당해서. 내가 어떡해? 무슨 방법이 있나? 결국 그놈한테 몇 대 맞았는데, 그걸 본 태섭이가 와서 막아 주더라고. 그렇게 수학이 싫으면 학교를 때려치우든가 수학 선생님한테 따지든가 하지, 왜 선비한테 화풀이하냐고. 그때 얼마나 고마웠는지 몰라. 걔는 그런 놈이야."

태섭이가 하얀 꽃잎 같은 이를 드러내고 웃었다. 분명히 태섭이는 남자인데도 꼭 예쁜 여자를 보고 있는 듯했다. 선비는 가슴이 두근거렸다. 눈을 똑바로 쳐다볼 수 없었다. 선비는 태섭이를 볼 때마다 말을 걸고 싶었다. 유일하게 말을 걸어 보고 싶은 아이였다. 하지만 그 아이가 너무 커 보여서, 자기랑 너무 많이 다른 것 같아서 감히 다가갈 수가 없었다.

"선비야, 너 내가 몇 번이나 불렀는지 아냐?"

"어?"

"내 말이 안 들려? 귀에다 뭐 꽂았어?"

"어?"

"넌 이상해. 꼭 정신을 딴 데 두고 다니는 사람 같아. 내가 널 잘 몰라서 쉽게 말할 수는 없지만……. 야, 넌 너무 어두워, 좀 밝게 살아. 세상 고민을 다 짊어지고 사는 것 같잖아."

"어?"

"그리고 너한테 물어보고 싶은 게 있어. 너 수학 학원 어디 다니냐?"

"어?"

"이 동네 학원은 아닌 것 같고, 근처 학원에서 널 본 적이 없으니까. 어디야? 사실대로 말해. 설마 학원 안 다녀? 정말?"

"어!"

"헐, 대박! 안 믿겨. 오늘 수학 선생님이 그러셨어. 선비 네가 일 등은 아니지만 수학 문제를 가장 잘 푼다고 하더라. 넌 너만의 방식대로 문제를 푼다고. 그게 수학을 잘하는 거래. 그래서 틀리기도 하지만, 선생님이 가르쳐 주지 않은 문제도 풀 수 있는 아이라고. 내가 전체 과목 중에서 수학을 가장 못하잖아? 솔직히 아등바등하고 있는데, 수학만 없으면 진짜 살겠다! 과외도 해 보고, 학원에도 다녀 봤는데 힘들기만 하네. 수학을 못하고는 이과에서 배겨 낼 수 없잖아. 난 이과 가려고 하거든. 환장할 일이지. 그래서 수학 선생님을 찾아갔었거든. 그랬더니 선생님이 선비 네 이야기를 하면서, 선비가 어떻게 공부하는지 알아보라고 하셨어. 야, 비법 좀 알려 주라. 어떻게 하면 되니? 너 정말 과외도 안 해?"

"어?!"

"그래도 뭔가 있을 거 아냐? 수학을 잘하는…… 비법?"

"어? 그냥 재밌어. 초딩 때부터……. 특히 소수를 배우면서부터 재밌어졌어. 자연수 1보다 작은 0.1, 0.2, 0.3, 0.4, 0.5……. 이런 자잘한 소수가 있다는 걸 알고 나니까 이상하게도 흥미가 생기더라고. 공배수니 공약수니 하는 걸 봐. 너무 재밌잖아? 벤 다이어그램이나 교집합을 배울 때는 감탄했어. 그게 다 우리 일상생활 속에 녹아들어 있다는 것을 깨달았거든. 방정식도 마찬가지야. 모든 게 다 그래……."

"어?!"

"인간의 눈은 보이는 곳까지만 알 수 있어. 근데 수학은 보이지 않는 곳까지도 정확하게 알 수 있는 눈을 가지고 있지. 그래서 화성까지의 거리도 알 수 있는 거고. 그만큼 수학은 상상력을 좋아해. 그래서 좋아."

"엉?!"

#22

오늘은 깜박이가 보이지 않았다. 선비가 라면을 끓여 먹고 수학 공부를 마칠 때까지도 소식이 없었다. 깜박이가 오지 않자 마음이 허전했다.

"야, 넌 너무 어두워, 좀 밝게 살아. 세상 고민을 다 짊어지고 사는 것 같잖아."

태섭이의 목소리가 자꾸만 고막에서 메아리쳤다. 선비는 그런 말을 해 주는 태섭이가 진심으로 고마웠다. 선비는 태섭이한테 깜박이 이야기를 해 주고 싶었지만 차마 용기가 나지 않았다. 자신이 없었다. 그런 생각을 하자 더욱 깜박이가 기다려졌다.

그때, 깜박이가 문을 긁어 댔다. 선비는 반갑게 깜박이를 맞이했다. 깜박이 털 속에 작은 풀씨들이 붙어 있었다. 선비는 그 풀씨를 떼어 주면서 태섭이 이야기를 하였다.

#23

용비가 들어왔다. 거실 벽시계가 여섯 시를 가리키고 있었다. 고 삼인 용비는 자정 전후로 들어와야 정상이었다. 선비는 저도 모르게 어머니 같은 한숨을 내쉬면서 용비를 노려보았다. 밖에서 여자의 가느다란 노랫소리가 들렸다. 그 초딩 같던 여자애가 떠올랐다. 선비는 한마디 할까 하다가 그냥 돌아섰다. 용비가 선비의 등을 툭 쳤다.

"야, 깜생아! 나 좀 보자."

어느새 선비의 별명이 깜생이로 바뀌어 있었다. 아마도 '깜박이+범생이=깜생이'가 되었을 것이다. 이렇게 수학적인 발상을 하는 것 보면 용비도 머리가 나쁜 것 같지는 않았다. 선비도 깜생이라는 말이 싫지 않았다. 위인전이나 범생이보다는 훨씬 듣기 좋았다.

"야, 깜생아. 오늘부터는 저놈의 고양이한테 돈 받아라. 알았지? 날마다 먹여 주고, 가끔씩 재워 주기도 하고, 씻겨 주기도 하잖아?"

선비는 아무런 대꾸도 하지 않았다. 대체 용비가 무슨 꿍꿍이속으로 그런 말을 하는지 가늠할 수가 없어서 가만히 눈치만 살폈다. 용비는 아무 이유 없이 선비를 부른 적이 없다. 용비는 그런 선비를 보면서 눈에다 애써 힘을 주었다. 하도 힘을 준 나머지 눈알이 부풀어서 터져 버릴 것만 같았다.

"야, 깜생아. 여긴 너만 쓰는 방이 아니야."

"그래서?"

"네가 저 고양이를 좋아한다는 거 알아. 좋다, 인정한다 이

거야. 그럼 나도 인정해 줘야지. 난 뭐야? 난 저 고양이하고 상관없잖아?"

"그래서?"

"저 고양이가 들락거리면서 내 비염도 심해졌어. 백 프로 저 고양이 때문이라고 말할 수는 없겠지만, 어느 정도 영향은 있다고. 내 말에 이의가 있으면 말해. 난 합리적으로 말하는 놈이니까. 외계인 그년처럼 막무가내 억지 부리는 사람이 아니라고!"

"그래서?"

"만약 이 방을 너만 쓴다면 난 이런 말도 안 해. 그건 네 맘이니까. 진짜야. 그러니까 너도 날 배려해 달라, 이 말이지."

"그래서?"

"음, 당연히 대가를 지불해야지. 내가 불편함을 참는 대가. 그래야 공평한 거 아냐? 그래, 단도직입적으로 말해서 삼만 원만 줘. 그럼 앞으로 쭉, 저 고양이가 이 방에 와서 놀든 말든, 자고 가든 말든 상관하지 않을게."

그제야 선비는 용비의 속셈을 알고는 "그럼 그렇지……." 하고 중얼거렸다. 선비는 돈이 없다고 단호한 표정을 지었다. 책갈피 속에다 숨겨 놓은 거랑, 텔레비전 밑에다 숨겨 놓은 것도 용비가 다 털어 갔다.

용비가 자기 배를 손바닥으로 탁탁탁 치며 말했다.

"야, 깜생아, 누굴 속이려고 그래. 네가 잔머리 굴리는 데 선수라면 난 이 우직한 배를 믿고 산다는 거, 알지?"

"개구라!"

"내 배가 구라래?"

"개똥배!"

"야, 나하고 거래만 잘하면 고양이 때문에 외계인이 지랄할 경우, 네 편을 들어 줄게. 어때?"

선비는 침을 삼켰다. 용비가 약속만 지키면 괜찮은 제안이었다. 선비가 망설이다 진짜냐고 물었다. 용비는 음흉하게 웃으면서 "그래, 인마. 자, 약속." 하고는 사과 하나쯤은 단숨에 으스러트리는 손으로 선비의 손을 잡아서 마구 흔들었다. 선비는 알았다고 소리친 다음, 컴퓨터 본체 속에다 숨겨 놓은 비상금을 끄집어냈다. 이만 원이었다. 선비는 이거밖에 없으니 알아서 하라는 표정을 지었다. 용비는 선비의 눈을 한동안 내려다보다가, 여자 친구가 "오빠, 빨리 나와!" 하고 밖에서 문을 두드리자 돈을 낚아채려고 하였다. 선비가 용비의 손을 피했다. 용비는 놀란 눈치였다. 선비는 A4 용지를 꺼내 빠르게 합의서를 쓰기 시작했다.

합의서

도선비는 도용비한테 이만 원을 줬다. 이 돈을 용비에게 준 순간부터, 고양이 깜박이는 용비와 선비가 공동으로 쓰는 방에 자유롭게 드나들 수 있다. 이제 용비는 절대로 고양이한테 나가라고 할 수 없다. 솔비가 강압적으로 깜박이를 쫓아내려고 하거나, 선비한테 깜박이를 내보내라고 간섭할 경우, 용비가 책임지고 막아 준다.

2018년 5월 ##일
도용비 (서명)
도선비 (서명)

#24

깜박이 배에서 꼬르륵거리는 소리가 났다. 선비는 냉장고에 있는 소시지를 가져와 깜박이한테 주었다. 깜박이는 배가 고팠을 텐데도 허겁지겁 서두르지 않고, 우아하게 먹었다.

선비네 식구들 중에서 그렇게 우아하게 음식을 먹는 사람은 없었다. 용비는 라면이나 짜장면 한 그릇을 '후루룩, 후루룩, 후루룩!' 하고 딱 구 초 만에 먹어 치우는 괴력을 가지고 있었고, 솔비 역시 음식 앞에서는 얌전이나 체면 따위는 내팽개치고 달려들었다. 아버지도 반찬에는 거의 손도 대지 않은 채 국에다 밥만 말아 물 마시듯 먹었고, 어머니 역시 식구들이 먹다 남긴 반찬들을 깡그리 먹어 치울 때 보면 씹어 먹는 소리가 강렬했다.

사실 밥 먹는 소리만 놓고 보면 어머니의 입에서 나는 소리가 가장 컸다. 선비가 어렸을 때만 해도 어머니는 반찬 씹는 소리를 거의 내지 않았다. 그런데 언제부턴지 어머니의 입에서 반찬 씹는 소리는 아무런 통제를 받지 않았다. 어머니는 그것을 꼭 붙잡고 있다가 어느 순간에 놓아 버린 것 같았다. 어머니의 나이가 마흔이 넘어가고, 아버지가 무기력해지고, 식구들의 밥 먹는 속도가 빨라지고, 식구들이 남기는 반찬이 많아질수록 어머니의 위아래 턱은 입으로 들어온 반찬들을 더욱 단호하게 씹어 댔다. 그래야만 살 수 있다고 위아랫니들이 강조하는 것 같았다. 선비는 그런 어머니를 보면 낯설기도 하였고, 무섭기도 하였다.

"어머니는 여자니까, 어렸을 때부터 음식은 소리 내지 말고 먹어야 한다고 엄청나게 잔소리를 듣고 자랐을 거야. 소녀 시절에는 시키지 않아도 조심조심 우아하게 음식을 씹었을 것이고, 처녀 시절에는 더 그랬겠지. 아버지랑 만나서 연애하고 결혼했을 때도 그랬겠지. 그런데 언제부턴지 아버지

앞에서도 조심하지 않았고, 그냥 닥치는 대로 음식을 씹어 대기 시작했어. 꼭 그래야만 했을까? 힘들수록 어머니만의 자존심을 지키면서 살았으면 좋겠는데, 그럴 수는 없을까? 깜박이를 봐. 누가 지켜보지 않아도 자기 자존심을 지키잖아? 만약 개였다면 소시지 두세 개를 입이 터지도록 밀어 넣고는 한꺼번에 삼켜 버렸을 거야. 역시 고양이는 대단한 동물이야. 아무리 늙어도, 아무리 힘들어도 우아하게 먹는 것을 포기하지는 않을 거야. 난 저 고집스러움이 좋아. 나도 저렇게 살고 싶어. 우아하고 고집스럽게, 나만의 색깔을 드러내면서 살고 싶어."

#25

"야, 위인전! 너 누구 맘대로 그 소시지를 고양이한테 먹이래? 야, 그거 내가 사다 놓은 거야. 내 간식이라고!"

"알았어."

"야, 위인전! 그러지 말고 우리 강아지나 한 마리 키우자. 엄마도 허락하실 거야."

"싫어."

"야, 위인전! 내 친구 중에는 고양이 키우는 애들도 많아.

친구들 말 들어 보면 고양이는 개보다 질투심도 많고, 더 아양을 떨어 댄다고 하더라. 겉으로는 안 그런 척하면서도 속으로는 능글맞게 아양을 떤다고. 그러니까……."

"웃기시네!"

"야, 너 정말 이런 식으로 나올 거야? 좋아. 이젠 안 봐줘. 당장 그 고양이 데리고 나가! 어서 안 나가!"

#26

갑자기 솔비의 눈빛이 서늘해졌다. 선비는 당황해서 뒷걸음질 쳤다. 이럴 때, 솔비는 용비보다 무서웠다. 용비는 가끔씩 주먹질이나 발길질을 하면서 화를 내기는 해도, 돌아서기만 하면 금방 화가 풀어졌으나 솔비는 달랐다. 솔비는 한번 획 토라지면 일주일은 기본이요, 심지어 한 달, 반년이 넘도록 눈도 마주치지 않을 때도 있었다. 그래서 용비도 솔비의 성질은 건드리지 않았다.

"어이구, 나중에 누가 데려갈지 모르겠다만 고생깨나 하겠다. 누가 저런 성질머리를 비위 맞추며 사나?"

솔비가 화를 내면 맞받아치지는 못하고 고작해야 그렇게 중얼거렸을 뿐이다.

선비는 얼른 깜박이를 안고 방으로 달아났다. 솔비도 그걸 눈치채고는 재빠르게 쫓아와 방문을 온몸으로 막아섰다. 솔비는 주먹으로 문을 내리치면서 고양이를 밖으로 내보내라고 윽박질렀다.

"오늘은 그 고양이가 밖으로 나가든지 내가 밖으로 나가든지 해야겠어. 더 이상은 봐줄 수가 없어! 어서 내보내라니깐! 어서! 너 정말 나하고 해보자는 거야?"

"신경 끄셔!"

다음 순간, 솔비의 입에서 상상도 할 수 없는 욕설이 쏟아져 나왔다. 또래들 입안에 몇 발씩 장전되어 있을 법한 모든 욕들이 솔비의 부름을 받고는 총집합한 듯했다. 선비도 가만있지 않았다. 아직까지 그 누구에게도 제대로 욕을 해 본 적이 없는 선비는 자신에게도 그런 무기가 있다는 사실이 놀라웠고, 그런 욕설이 고마웠다. 하지만 안타깝게도 선비가 대응사격을 할 수 있는 실탄은 그리 많지 않았다. 상대가 허둥거리는 걸 간파한 솔비는 선비가 한 번도 들어 본 적이 없는 무지막지한 욕설로 융단 폭격을 하기 시작했다. 선비는 항복하듯이 고막을 틀어막았다.

솔비의 눈빛이 낯설었다. 주위에 삼신할미가 있다면 "쟤가 우리 누나 맞아요?" 하고 물어보고 싶었다. 뭐, 여태까지 누나로서 살가웠던 건 아니지만. 그래도 솔비가 가출을 했을 때 선비는 늘 걱정하고 기다렸다. 가끔씩 기도도 했다. 제발 아무 탈 없이 돌아오게 해 달라고 말이다. 선비는 그런 자신을 자책했다. 그나마 조금 남아 있던, 가족이라는 정마저 뚝 떨어지려고 하였다. 솔비의 눈동자가 빨간 불덩이로 변했다. 선비는 붙박이장으로 뛰어든 다음, 문을 닫았다.

"야, 이 쥐똥만 한 새끼! 얼른 나오지 못해!"

"으."

"오늘 끝장을 보고야 말 거야!"

"으으."

"이 고양이 똥자루 같은 새끼야! 빨리 나와!"

"으으으으."

"곪아 터진 고양이 눈 같은 놈아!"

"으으으으으으."

솔비가 붙박이장 문을 주먹으로 치고 발로 차 댔다. 선비는 몸을 부르르 떨었다. 온몸이 공포에 휩싸여 견딜 수가 없었다. 정말 무서웠다. 지금 솔비한테 잡혔다가는 가루가 되도록 얻어맞을 것 같았다. 선비는 깜박이를 안고 더 깊은 곳으로 숨고 싶었다. 그러나 아무리 몸을 빠르작거려도 더 이상 숨을 곳은 없었다.

순간, 선비는 쥐며느리를 떠올렸다. 다시는 인간이 되지 못해도 좋으니 몸을 둘둘 말아서 자신을 보호하는 쥐며느리가 되고 싶었다. 쥐며느리는 고양이처럼 날카로운 발톱을 가진 것도 아니다. 개처럼 강한 턱을 가진 것도 아니다. 그렇다고 뱀처럼 독이 있는 이빨을 드러내는 것도 아니다. 그저 가만히 몸을 웅크리고 있을 뿐이다. 공처럼 동그랗게 말린 단단한 갑옷이 그 착한 생명을 완벽하게 지켜 준다. 그런 생각을 하면서 바닥에 깔린 헌 옷들 속에 머리를 처박았다.

제발 이쯤에서 솔비가 끝내 주기를 바랐다. 너무 두려워서 이 무시무시한 시간이 아무런 주름을 남기지 않고 흘러간다고 해도, 오늘 솔비가 가해 온 엄청난 폭력은 영영 잊지 못할 것 같았다. 그래서 겁이 나고 더욱 두려웠다. 제발, 제발, 제발. 이쯤에서 못 이긴 척 뒷걸음질 쳐 주기를 바랐다. 제발, 제발, 제발. 그렇게만 해 준다면 깜박이에 대한 생각도 달리 해 볼 수 있다고 중얼거렸다. 어차피 깜박이는 애완동물이 아니다. 선비가 집에 있을 때만 와서 놀다가 간다. 그러니까 선비가 마음만 먹으면 얼마든지 조절할 수 있다. 꼭 집이 아니라 밖에서 만날 수도 있다. 제발, 제발, 제발. 이쯤에서 솔비가 못 이기는 척 목소리를 낮추어 주기를 바랐다. 어쩌면 솔비의 몸속으로 악마가 들어갔는지도 모른다.

선비는 깜박이를 더욱 으스러지게 끌어안고 헌 옷 속으로 파고들다 손에 잡히는 뭔가를 느꼈다. 연필 깎는 칼이었다. 선비는 그 칼이 제 살 속으로 파고들 정도로 꽉 움켜쥐었다.

"어디 더 숨어 봐라, 고양이 피 빨아 먹고 사는 진드기보다 못한 새끼야!"

붙박이장 문이 열렸다. 솔비는 또 한 차례 욕설을 퍼붓더니 헌 옷을 집어서 방바닥에 던지기 시작했다. 선비는 헌 옷이 하나씩 날아갈 때마다 마음의 껍질이 벗겨지는 것 같았다. 이윽고 선비를 덮고 있던 헌 옷이 다 사라졌다. 깜박이가 계속 불안하게 울어 댔다. 선비는 연필 깎는 칼을 들었다. 어떻게 해서든 깜박이만큼은 보호해 주고 싶었다.

"꺼져!"

"저런 빙신 새끼. 내가 그까짓 것 보고 무서워할 줄 아냐, 이 빙신아!"

선비는 제발 이쯤에서, 내일부터는 깜박이를 보이지 않게 할 테니 제발 물러나 주기를 바랐다. 그렇게 애걸하고 싶었으나 겁먹은 입이 말을 듣지 않았다. 솔비는 그런 선비를 보며 "진짜 못 봐 주겠네." 하고 비웃으면서 칼을 뺏으려고 하였다. 선비는 그런 솔비가 너무 미웠다. 선비는 어설프게 칼을 휘둘렀다. 솔비의 눈에는 전혀 두려운 빛이 깔리지 않았다. 솔비가 칼을 든 선비의 손목을 잡았다.

"꺼지라고!"

순간, 선비는 손에다 힘을 주었다. 솔비의 손이 선비의 손목을 놓쳤다. 그와 동시에 선비의 다른 쪽 손목으로 칼이 날

카롭게 지나갔다. 아프지도 않았다.

"이 새끼가 미쳤나!"

솔비가 놀라서 소리쳤다. 깜박이도 놀라서 뛰쳐나갔다. 핏방울이 금세 방바닥에다 알 수 없는 지도를 그리고 있었다. 선비는 지혈할 생각도 하지 않고 그대로 자신의 몸에서 빠져나오는 피를 바라보고만 있었다. 이대로 생을 마감해 버리고 싶었다. 더 이상 이렇게 빠르작빠르작 살아갈 자신이 없었다. 솔비가 비명을 지르면서 어디론가 전화를 해 댔다.

#27

솔비는 물 밖으로 나온 물고기처럼 파닥파닥 뛰면서 119 구급대를 부르고, 선비한테 "정신 차려, 정신 차려!" 그 말을 백만 번도 더 뱉어 냈다. 조금 전 선비가 감당할 수 없을 정도로 욕설을 퍼부어 대면서 윽박지르던 모습이 아니었다. 전혀 다른 인간이었다. 그러니까 솔비는 불과 몇 분 사이에 세 가지 유형의 인간으로 변신한 것이다. 평상시 집에서의 무심한 얼굴, 학교에서 일진 짱하고 맞짱을 뜰 정도로 사나운 얼굴, 그리고 개미 한 마리 죽이지 못할 것 같은 순한 얼굴. 과연 어떤 얼굴이 진짜일까. 선비는 구급차에 실려 가면서도 그런 생각을 하였다.

"선비야, 죽으면 안 돼!"

솔비는 그 말을 억만 번쯤 되풀이하였다. 선비는 그런 솔비 앞에서 죽어 주고 싶었다.

병원 응급실에 가서도 선비는 정신을 잃지 않았다. 아무런 아픔도 느끼지 못했다. 몸에서 영혼이 떠나 버리면 이런 느낌일지도 몰라. 선비는 순간 그런 생각을 하기도 했고, 혹시 내가 지금 죽은 걸까 하고 주위를 두리번거리기도 했다. 아쉽게도 선비는 자신이 죽지 않았음을 받아들여야 했다. 곧 어머니가 나타났고, 그때부터 온몸에서 아픔이 깨어나기 시작했다.

#28

선비네 식구들은 자정이 넘어서야 집에 왔다. 몇몇 이웃들이 와서 선비를 보고는 안도하는 눈빛을 나누고 돌아갔다. 솔비는 제 방으로 들어가 숨소리조차 내지 않았다. 용비는 아직 들어오지 않았다.

어머니는 식탁에 등을 보이고 앉아 있었다. 담배 연기가 어머니를 어루만지고 있었다. 선비는 그런 모습이 처음이라서 많이 놀랐다. 선비는 걱정스러운 눈길로 어머니를 쳐다보았다.

"어머니, 담배는 몸에 해롭잖아요? 더구나 집 안에서……."

"괜찮아. 때로는 독도 약이 될 수 있단다. 지금 엄마한테는 담배가 가장 좋은 약이야. 담배 한 대 피우면 힘든 생각도 싹 사라지거든. 그래, 상처가 깊지 않다니까 너도 걱정 마라. 며칠만 조심해. 엄마는 네 팔에 보이는 상처보다 네 어두운 마음이 더 걱정이야. 상처는 치료하면 되니까. 엄마는 형이랑 누나보다 먼저 철들어 가는 네 마음이 더 걱정돼."

"철들면 좋은 거잖아요?"

"선비야, 사람은 나이에 맞게 살아야 해. 우리 선비는 말썽도 피우고, 친구들이랑 피시방에도 들락거리면서 놀 나이인데, 벌써 어른이 된 것 같구나. 엄마는 그게 너무 미안해. 선비야, 네가 초등학교 삼 학년 어버이날, 갑자기 엄마랑 아빠를 어머니, 아버지라고 부를 때부터 엄마는 마음이 편하지 않았단다. 형이랑 누나는 아직도 엄마, 아빠라고 하는데 너만 어머니, 아버지라고 부르잖아?"

"어머니, 그건……."

"그게 잘못됐다는 게 아니라, 아직 네게는 엄마, 아빠라는 말이 자연스러워야 하는데 어쩌다가 어머니, 아버지라는 말이 더 자연스러워진 건지 모르겠구나. 어머니라는 말은 엄마

입에서도 자연스럽게 나오는 말이 아니거든. 엄마는 아직도 외할머니보고 엄마라고 부르잖아? 그런데 우리 선비 입에서는 그 말이 너무 자연스럽게 나와서, 그럴 때마다 엄마는, 선비 네가 내 배 속에서 나온 아들이 맞나, 하는 생각도 들어. 엄마는 네가 공부를 못해도 좋으니까 다른 아이들처럼 컸으면 좋겠어."

"어머니, 그래도 공부를……."

"선비야……."

"어머니, 저 학교 그만두고 싶어요."

"선비야, 그건……."

"그냥 검정고시 봐서 빨리 대학 가고 싶어요."

"선비야, 학교는 공부만 하는 곳이 아니야. 학교에 가서 열심히 공부하는 것도 중요하지만, 엄마는 선비가 친구들이랑 만나서 웃고 떠들고 그렇게 지냈으면 좋겠어. 엄마가 핸드폰도 사 줄게. 너만 한 아이들을 볼 때마다 그게 제일 미안했단다. 사 달라고 막 조르면 어떻게든 사 줬을 텐데."

"어머니, 저는 괜찮아요."

"선비야, 제발……."

"어머니, 진짜 핸드폰 필요 없어요."

"아니다. 다음 달에는 꼭 사 줄 테니까 어떤 거 갖고 싶은지 알아봐. 너무 공부에만 매달리지 말고. 알았지? 벌써부터 너무 부모 걱정 하면 안 되는 거야. 그럼 엄마가 더 마음이 아파. 알았지? 형이랑 누나도 너무 걱정하지 마. 저러다가도 때가 되면 자기 자리로 돌아올 거야. 엄마는 크게 걱정하지 않아. 형이나 누나는 문제를 일으켜도, 그 문제를 해결해 줄 수가 있으니 괜찮다. 문제가 드러나니까 해결할 수가 있잖아? 근데 넌 달라. 넌 네 속으로만 꽁꽁 끌어안고 있어서, 그 문제를 해결해 줄 수가 없어. 엄만 그게 더 겁나. 넌 모든 문제를 꼭 끌어안고 절대 안 보여 주니까."

"어머니, 전 아무 문제가 없어요."

"선비야!"

"어머니, 왜 제가 걱정이세요?"

"그건……."

"어머니, 진짜 제 걱정은 마세요."

"그러니까……."

#29

선비는 가슴속에 있는 말을 다 풀어내지 못했다. 어머니가 선비의 볼에다 얼굴을 비비고 있었기 때문이다. 어머니의 얼굴은 털이 없어도 참 따뜻했다. 어쩌면 깜박이도 이렇게 따뜻함을 느끼기 위해서 볼을 비비는지도 모른다.

"선비야! 그렇게도 그 고양이가 좋아?"

"네, 제 친구니까요."

"고양이 말고 진짜 친구라면 더 좋겠다만……. 엄마도 어렸을 때 친구를 사귀지 못해서 참 힘들었는데, 어쩜 그걸 닮니? 그래도 엄마는 중학교 때부터는 친구들이 생겨서, 크게 힘들지 않은 학교생활을 했어."

"어머니……."

"그래, 알았다. 대신 똥오줌은 네가 다 치워라. 그리고 누나는 고양이 털 알레르기가 있으니까, 그 방에는 가지 못하게 하고."

"네, 어머니! 걱정하지 마세요!"

#30

선비는 오랜만에 어머니와 마주 보며 아침밥을 먹었다. 어머니의 특별한 배려였다. 식구들 중에서 가장 먼저 집을 나서는 어머니가 오늘은 좀 늦게 출근해도 된다며 선비의 아침밥을 챙겨 주었다. 선비는 어머니의 눈길이 부담스러웠다. 어머니는 선비의 밥숟가락에다 반찬까지 놔 주었다.

"많이 먹어라. 엄마가 집에서 챙겨 줘야 하는데, 그럴 형편이 못 되니까 알아서 챙겨. 때가 되면 키가 크겠지, 크겠지 하고 지켜만 본 게 잘못인가 보다. 한약이라도 지어 먹여야 하나. 용비랑 솔비는 너무 커서 탈인데, 우리 선비는 왜 이렇게 안 클까?"

선비는 자기보다 집에 들어오지 않은 용비를 걱정하라고 했다. 어머니는 그런 선비를 한동안 물끄러미 바라보았다. 그러고는 식탁에서 일어나면서, 친구네 집에서 자고 온다는 문자를 받았으니 걱정하지 말라고 하였다.

"어머니도 제 걱정 하지 마세요."

"그래."

"어제 일도 다 풀렸어요. 저도 잘못한 게 있으니까요."

"그래."

"어머니, 저도 무작정 우기고 싶지는 않았어요. 하도 누나가 다그치니까 저도 모르게 그런 거예요."

"그래."

#31

선비는 오후 다섯 시쯤 집에 돌아왔다. 이미 솔비가 와 있었다. 어쩌면 학교에 가지 않았는지도 모른다.

솔비는 방에서 음악을 크게 틀어 놓고 노래를 부르고 있었다. 그렇게 솔비가 쉬지 않고 노래를 하고 있는데도 집 안은 숨이 막혔다. 선비는 살금살금 고양이 걸음으로 다녔다. 화장실에서 변기 물을 내릴 때도 조심했다.

저녁 아홉 시쯤, 선비는 솔비하고 마주쳤다. 하마터면 비명을 지를 뻔했다. 솔비의 머리가 군인보다 더 짧아져 있었다. 선비는 솔비가 얼마나 자신의 머리에다 공을 들이는지 잘 알고 있었다. 그런 머리카락을 짧게 잘라 버린 것이다. 섬뜩했다. 무슨 일인지는 모르겠으나 밤새 솔비의 마음속에서 엄청난 회오리바람이 몰아친 게 분명했다. 선비는 혹시 자기 때문인가 하는 생각에 가슴이 차가워졌다.

솔비는 아예 선비와 깜박이의 존재를 무시했다. 쳐다보지도 않았고, 아무런 말도 하지 않았다. 선비는 그런 솔비가 더욱 부담스러웠다. 더더욱 놀란 것은 솔비의 핸드폰이 배터리를 비롯하여 온갖 내장들을 토해 낸 채 베란다에서 뒹굴고 있다는 사실이었다.

용비는 새벽 한 시가 넘도록 들어오지 않았다.

#32

용비는 나흘 만에 집에 들어왔다. 솔비는 라면을 끓여 먹고 화장실로 가다가 현관문을 열고 들어오는 용비하고 마주쳤다. 용비가 "헉!" 하고 놀라면서 몸을 뒤로 뺐다.

"뭐야, 잘못 들어온 줄 알았잖아! 야, 이 외계인 기지배야! 아예 빡빡 밀지 그랬냐!"

솔비는 대꾸하지 않았다.

"혹시 무슨 조폭 가입했냐? 너 일진 짱하고 붙었다면서? 병신, 이기지도 못할 거면서 뭐 하러 붙어. 그래서 이번에는 더 센 조직이라도 만들었냐? 그럼 얼굴이랑 목에다 문신도 입혀야지."

아무리 용비가 비꼬아도 솔비의 입은 끄떡도 하지 않았다. 솔비가 화장실로 사라지자, 용비의 눈 화살이 선비한테 날아왔다. 선비는 그때까지 용비를 쏘아보고 있었다.

"어쭈구리. 야, 깜생아. 너 눈깔 똑바로 안 뜨면 죽는다! 아니, 이것들이 오늘 왜 이래!"

용비는 선비의 머리를 주먹으로 툭툭 쳤다. 선비는 그런 용비의 주먹을 밀어내면서 자신이 할 수 있는 최대한 얼굴을 찡그렸다.

"개빡쳐!"

그 말에 용비는 움찔 놀라며 입을 바보처럼 크게 벌렸다.

선비는 깜박이를 안고 밖으로 나가서 계단에 앉아 있다가, 다세대 주택 뒤편으로 가서 깜박이를 놓아주었다. 하지만 깜박이는 전혀 움직이지 않았다.
"깜박아, 어디 아파?"
선비가 소시지를 내밀어도 깜박이는 받아먹지 않았다. 이런 경우는 처음이었다. 한참 뒤에야 깜박이는 걱정하지 말라는 표정을 지으며 일어났으나, 몇 걸음 가지 못하고 옆으로 쓰러지고야 말았다.

선비는 깜박이를 안고 집으로 돌아와 호주머니를 털었다. 천 원짜리 두 장뿐이었다. 용비나 솔비한테 도움을 청하려고 돌아서다가 돼지 저금통을 떠올렸다. 선비는 동전만 모아 온 빨간 돼지 저금통을 칼로 갈랐다. 동전이 얼마나 되는지도 몰랐다. 선비는 동전을 비닐 봉투에 담아 들고 밖으로 나왔다. 깜박이는 한쪽 눈을 심하게 찡그리면서 아프다고 소리치고 있었다.

선비는 깜박이를 안은 채 뛰었다. 이십 분이나 달려서 도착한 동물 병원은 이미 문이 닫혀 있었다. 선비는 그 옆에 있는 약국으로 들어갔다. 나이 든 할아버지 약사가 선비를 보았다. 선비는 고양이를 살려 달라고 말했다. 약사 할아버지가 안경을 고쳐 쓰면서 다가왔다. 아마도 선비를 초등학생이라고 판단한 모양이었다. 그렇지 않았다면 입에서 "얘야"라는 말이 나오지 않았을 것이다. 실제로 선비의 몸집은 초등학생으로 보일 만큼 작았다.

"얘야, 어디 보자. 가만있자. 눈 윗부분이 부었고, 열도 있구나. 동물도 사람하고 똑같단다. 배도 아프고, 머리도 아프고, 감기도 앓고. 내가 생각하기에는 여기 눈 윗부분이 문제인 것 같구나. 일단 약을 줄 테니 좀 먹여 보고, 내일이라도 동물 병원에 가서 정확한 진단을 받아 보는 게 좋겠다."

약사 할아버지는 연고 모양으로 생긴 약을 주었다. 그 약을 짜서 고양이한테 먹이라고 했다. 선비가 얼마인지도 모르는 동전을 쏟아 내자 깜짝 놀라는 표정을 지었다. 약사 할아버지는 오늘은 그냥 줄 테니 돈은 다음에 가져오라고 하였다. 선비는 고맙다는 인사를 하고 약국을 나왔다.

집에 와서 약사 할아버지가 준 약을 먹였더니 깜박이는 금세 잠이 들었다. 한 시간쯤 뒤에 눈을 뜬 깜박이는 다시 기운을 차렸다. 열도 내렸고, 부어 있던 눈 윗부분도 가라앉았다. 선비는 그러고 나서야 방으로 들어가 코를 골고 있는 용비를 보았다. 솔비의 방은 잠잠했다. 불도 꺼져 있었다.

#33

선비는 용비와 솔비의 얼굴을 일기장에다 그려 놓고 마구
긁적거렸다. 그들의 얼굴이 까맣게 사라져 갈 무렵에 어머니
가 집으로 들어왔다.

어머니는 거실 소파 아래서 자고 있는 깜박이를 보고 약
간 놀란 표정을 지었다. 인기척에도 깜박이가 움직이지 않았
기 때문이다.

선비는 오늘 일을 어머니에게 사실 그대로 말했다. 어머니
는 그 약국을 잘 안다며, 내일 돈을 가져다주고 동물 병원에
도 들르라고 하였다. 그런 다음에야 자고 있는 용비를 보았
고, 슬그머니 솔비의 방문을 열어 보았다. 솔비의 침대는 텅
비어 있었다.

"허어!"

어머니는 저도 모르게 한숨을 내쉬었다.

선비는 그 소리를 못 들은 척해 주었다.

#34

선비는 소파에서 뒹굴다가 어머니의 방으로 갔다. 어머니

는 불도 켜지 않은 채 방바닥에다 술병을 놓고 앉아 있었다. 유리창으로 스며드는 달빛만으로도 방 안에서 사는 온갖 사물들을 구별할 수 있었다. 그래도 어머니의 뒷모습은 어두웠다. 선비는 어머니 옆에 앉았다.

"왜, 자지 않구?"

"어머니……."

선비는 어머니를 위로해 주고 싶었다. 어머니가 선비의 어깨를 감싸 안았다. 어머니 몸에서 냄새가 났다. 담배 냄새, 술 냄새, 화장품 냄새, 살냄새. 어머니가 더욱 강하게 선비를 끌어안았다. 선비의 볼이 어머니의 가슴을 건드렸다. 선비는 당황하면서 어머니의 몸에서 떨어졌다. 어머니가 다시 선비의 어깨를 툭 쳤다.

"너도 한잔할래?"

"네?"

어머니의 야윈 볼을 타고 달빛이 흘러내렸다. 어머니는 벌떡 일어나서 잔을 가져왔다. 어머니가 잔을 채워 주었다. 선비는 천천히 그 술잔을 들어 입안에 털어 넣었다. 욱, 너무 썼다. 그래도 참아 냈다. 입안에서 왜 이런 걸 먹었냐고 반항하는 혀를 달래면서 그 쓴맛을 아주 천천히 목구멍으로 몰아넣었다. 어머니는 그런 선비를 보고 흐뭇하게 웃었다.

"고맙다!"

어머니는 선비에게 함께 술을 마셔 줘서 고맙다고 했다. 몸에도 좋지 않은 술을, 그것도 이제 중학교 이 학년밖에 되지 않은 아들에게, 술 한 병 살 수 없는 아주 작은 아이에게. 선비는 고맙다는 말이 부담스러우면서도 싫지 않았다. 기분 좋았다.

#35

다음 날, 선비는 아침밥을 먹자마자 동물 병원으로 갔다. 어머니 또래의 여자 수의사가 깜박이를 안고 여기저기 살폈다. 이윽고 수의사가 선비를 불렀다. 수의사는 선비의 키보다는 얼굴을 유심히 보고는 초등학생으로 치부하지는 않았다. 만약 초등학생으로 보았다면 '한창 동화책을 읽을 나이구나!' 하는 표정을 지으면서 자상한 웃음과 함께 반말을 했을 것이다.

수의사는 진지하게 말했다.

"학생, 고양이 몸에 상처가 많아요. 하지만 이 상처들은 큰 문제가 아닌데, 여기 왼쪽 눈 위가 부어 있는 거 보이지요? 여기가 이상해서 정밀 검사를 해 봐야겠어요."

선비는 졸지에 깜박이라는 아이를 둔 보호자가 된 기분이었고, 어른 대접을 받는 느낌이 들었다. 수의사가 깜박이를 안고 검사실로 들어갔다. 선비는 어른처럼 뒷짐을 지고 침착하려고 애썼다.

얼마 뒤, 수의사가 다시 선비를 불렀다. 선비는 진료실로 들어갔다. 수의사는 혹시 종양인가 해서 긴장했지만 다행히 큰 병은 아니라고 했다. 선비도 수의사를 따라 안도의 한숨을 내뱉었다. 수의사가 엑스레이 사진을 보여 주었다.

"그런데 바로 여기 눈 윗부분에 길이 사 센티가 넘는 핀이 박혀 있네요."

정말 가느다란 핀 같은 게 보였다.

"눈 위가 자주 붓고, 몹시 아팠을 거예요. 사람이라면 아파서 지금까지 참지 못했을 겁니다. 빨리 핀을 제거하는 수술을 해야 해요."

선비는 수술이라는 말을 듣는 순간, 깜짝 놀라 당황했다. 수의사는 수술을 할 것인지 결정하라고 했다. 선비는 수술비가 얼마나 되냐고 물었다. 수의사는 이번에도 솔직하게 말했다. 수술비는 선비의 예상치를 훨씬 웃돌았다. 선비가 좋아하는 기타를 사고도 남을 금액이었고, 용비의 한 달 치 학원비하고 맞먹는 금액이었다.

어느새 선비의 머릿속에는 거미줄을 뒤집어쓴 듯한 어머니의 얼굴이 떠올랐다. 어떻게 해야 할지 판단할 수가 없었다. 깜박이를 생각하면 당연히 수술을 해야 했지만, 어머니의 얼굴만 떠오르면 저도 모르게 고개를 저었다. 돈 때문에 고생하는 어머니한테, 고양이 수술을 시켜 달라는 말을 차마 꺼낼 수가 없었다. 수의사는 그런 선비를 보더니 직접 어머니한테 이야기를 할 테니 전화번호를 알려 달라고 했다. 선비는 고개를 흔들면서 수의사가 주는 수화기를 건네받았다.

"그래, 고양이는? 뭐, 이마에 핀이 박혀 있다고? 저런, 그동안 얼마나 아팠을꼬! 말이라도 통하면 진작 알았을 텐데. 그럼 어떻게 해야 한대? 수술을 해서 꺼내야 한다고? 핀이 박힌 부위가 뇌가 있는 곳이라서……. 선비야, 돈 걱정은 하지 마라. 깜박이가 사람은 아니다만, 네 친구라고 하니까 무조건 살려 내야지. 돈은 그다음이다. 그건 엄마가 알아서 할 테니까, 수의사 선생님 좀 바꿔 주렴. 아, 네에……. 네에, 네에……. 그럼 그렇게……. 제가 내일 들러서……."

수의사는 전화를 끊고 선비를 보더니 너무 걱정하지 않아도 된다고 웃어 주었다. 선비는 묻고 싶은 게 많았으나 꾹 참았다. 수의사는 비록 작은 동물이지만 사람이 수술할 때하고 똑같은 절차를 밟는다고 했다. 선비는 그 모든 과정을 지켜보면서 보호자 노릇을 하였다. 수술이 진행되는 동안에는 앉아 있을 수가 없었다.

두 시간쯤 뒤에 다른 수의사가 수술이 잘 끝났다고 말해 주었다. 깜박이의 몸에서 빼낸 핀도 보여 주었다. 무엇인가를 고정할 때 쓰는 날카로운 핀이었다. 운 좋게도 핀이 아슬아슬하게 뇌를 건드리지는 않았다고 했다.

#36

선비는 깜박이를 동물 병원에 입원시키고 혼자 돌아왔다. 용비는 잠을 자고 있었고, 솔비는 요란하게 음악을 듣고 있었다. 집으로 돌아온 어머니는 용비랑 솔비한테 깜박이가 큰 수술을 했다고 말하였다.

깜박이는 이틀 뒤에 퇴원했다. 솔비는 깜박이하고 마주친 순간 눈을 돌려 버렸다. 밤늦게 들어온 용비는 가방을 쿵 소리가 나도록 방에다 던졌다.

"어, 이놈의 고양이 좀 봐라. 역시 돈이 좋기는 좋네. 이제 눈도 깜박이지 않잖아. 고양이 이름을 바꿔야겠다."

선비는 부쩍 살이 오른 깜박이를 꼭 안았다. 깜박이의 털은 불빛을 받으면 황금색으로 변했다. 정말 근사해 보였다. 용비는 허리를 굽혀 깜박이를 똑바로 보았다.

"이것 봐, 깜박 씨. 형씨야말로 우리 집에서 최고 상전이네, 상전이야. 오뉴월 개 팔자가 아니라 오뉴월 고양이 팔자

구만. 지긋지긋한 공부 안 해도 되고, 당연히 일류 대학에 들어가지 않아도 되고, 빈둥빈둥 놀아도 먹을 것을 척척 가져다주고, 아프면 병원에 가서 수술까지 해 주고, 재워 주고, 씻겨 주고. 나도 고양이로 태어났으면 좋았겠네!"

#37

선비는 일주일 만에 깜박이를 밖으로 내보냈다. 수의사가 이제는 상처가 아물었기 때문에 괜찮다고 했다.

식구들은 더 이상 깜박이에 대한 언급을 하지 않았다. 선비는 깜박이가 집에 올 때마다 더욱 신경을 썼으며, 어지간하면 집에서 재우지 않으려고 했다. 깜박이도 그런 선비의 마음을 잘 아는 듯했다.

깜박이는 몸이 다 나은 뒤로 선비네 집에서 자려고 하지 않았다. 그뿐이 아니었다. 선비랑 놀고 가는 시간도 점점 줄어들었고, 가끔씩 찾아오지 않는 날도 있었다. 그때마다 선비는 공부가 되지 않았다. 혹시 깜박이한테 무슨 일이 생긴 건 아닌지 걱정이 되었다. 그러다가 깜박이가 건강한 모습으로 나타나면 괜한 걱정을 했다며 웃었다.

자신의 목숨을 위협하던 핀이 사라지자 깜박이는 날마다

달라졌다. 때로는 높은 담 위에서 나비처럼 날아서 내려왔고, 때로는 아이들이 버린 과자 봉지를 몰고 가는 바람보다 더 빨리 달렸으며, 때로는 풀밭에서 작은 꽃처럼 웅크리고 있다가 참새를 덮치기도 하였다.

#38

일요일이라서 선비네 식구들이 다 모여 있었다. 어머니는 조금 이른 저녁상을 차렸다. 닭볶음탕 냄새가 부드럽게 퍼졌다. 용비가 가장 게걸스럽게 먹었다. 어머니가 그런 용비를 보면서 입을 열었다.

"수시는 언제부터 시작하니?"

"네?"

"너무 상향 지원 하지 말고."

"네!"

"선생님은 뭐라고 하던?"

"뭐……."

어머니는 용비한테 머물러 있던 눈빛을 솔비에게 돌렸다.

"솔비야, 짧은 머리가 더 잘 어울린다. 방학하면 염색도 해 봐라."

"응?"

"아니면 알 없는 안경도 어울릴 것 같아."

"응!"

"중고 핸드폰이라도 사 줄까?"

"엉?"

솔비 목소리가 워낙 작아서 꼭 어머니 혼자 이야기하는 것 같았다. 어머니는 더 묻지 않고 텔레비전을 켰다. 용비는 텔레비전을 켜자마자 큰 소리로 웃어 댔고, 솔비는 일어나서 자기 방으로 갔으며, 선비도 일어나서 화장실로 갔다.

#39

선비는 아무리 생각해도 식구들을 가족이라는 집합으로 묶을 수가 없었다.

가족은 원소가 정해져 있는 완벽한 유한 집합이 되어야 하지만, 아버지도 이탈해 있고, 용비랑 솔비도 왠지 이 집합의 진짜 원소 같지 않았다. 그렇다고 '가족={어머니, 선비}'로 원소를 축소해서 집합을 만들 수도 없었다.

다른 경우의 수도 떠올랐다. 용비랑 솔비는 가족을 선비가 생각하는 집합과는 다르게 생각할지도 모른다. 용비는 '가

족={어머니, 용비}'라고 할 수도 있고, 솔비는 '가족={아버지,
어머니, 솔비}'라고 생각할 수도 있을 것이다.

지금으로서는 어떤 경우든 '가족={어머니, 아버지, 용비,
솔비, 선비}'라는 관계로 이루어진 완벽한 집합을 만들어 내
기란 쉽지 않아 보였다. 어쩌면 편하게 공집합이라고 생각하
는 편이 더 나을 것 같았다. 분명히 유한 집합인데, 공집합일
수밖에 없는 현실이 너무 서글펐다.

#40

저녁 일곱 시가 넘었다. 아직도 주위에는 햇살 조각이 남
아 있었다. 선비는 어둠이 깔릴 때까지 집 밖에 앉아 있다 몸
을 일으켰다.

선비가 집으로 들어오자마자 초인종이 울렸다. 외삼촌 목
소리가 들렸다. 문을 열자 외할머니 얼굴도 보였다. 외할머
니의 왼쪽 볼은 사탕을 물고 있는 것처럼 부풀어 있었다. 식
구들이 하나씩 나와서 인사를 해도 외할머니는 웃지 않았다.
그 어색함을 느꼈는지 외삼촌이 "야, 기름병!" 하고 용비를
불렀다. 외삼촌은 키가 작아서 그런지 용비보다 더 뚱뚱해
보였다.

"야, 공부는 잘되냐? 웬만하면 수시에서 끝내라. 정시는 더 어렵다고 하니깐."

외삼촌이 용비의 어깨를 두드려 주었다. 용비는 그런 격려가 부담스러웠는지 제대로 눈을 마주치지 못하고 뒷걸음질 쳤다. 이내 외할머니의 입에서는 혼잣말에 가까운 말이 흘러나왔다.

"누굴 닮았는지 덩치는 산만 한 놈이 막내보다 속이 없으니, 원."

선비는 그 말이 듣기 싫었다. 자기를 욕하는 건 아니지만 누군가랑 비교당하는 것 자체가 싫었다. 이윽고 어른들이 안방으로 들어갔다. 솔비는 거실에서 텔레비전을 보는 척하고 있었다.

"애미야, 도 서방이 집을 나간 지 얼마나 됐냐?"

"누나, 넉 달도 넘었지?"

"무책임한 사람. 새끼들을 셋이나 퍼질러 놓고, 마누라한테 다 떠넘기다니. 그러고는 거지 노릇 하고 있으니!"

"누나, 우리 친구들이 청주에서 봤대. 노숙자들이랑 같이 있는 걸."

"하도 기가 막혀서 말이 안 나와, 이것아!"

"누나, 우리 친구들이 건설 쪽에 많잖아? 핸드폰으로 사진까지 찍어 가지고 보내 줬어."

"내 가슴이 찢어진다, 이것아!"

"사진은 안 보여 줄래. 누나 마음만 아플 것 같아서."

"결혼하기 전에 그렇게 말렸는데도⋯⋯."

"난 매형이 그렇게 약한 사람인 줄 몰랐어. 누나, 이번 참에 다 정리해!"

솔비는 더 이상 들을 수가 없었는지 벌떡 일어나서 화장실로 가 버렸다. 선비도 더는 아버지의 소식을 귀담아들을 수가 없었다. 이건 정말 상상도 할 수 없는 일이었다. 아버지의 일이 잘 풀리지 않는다는 것쯤이야 오래전부터 알고 있었지만, 그래도 뉴스에서나 나오는 노숙자라는 단어 속으로 아버지가 추락했을 줄은 몰랐다. 안방에서 새어 나오는 외할머니와 외삼촌의 목소리는 돌멩이처럼 선비의 몸속으로 떨어지기 시작했다. 선비는 귀를 막으면서 방으로 들어가다가 용비하고 부딪혔다. 용비는 선비를 다시 한번 툭 치더니 "이 고양이 같은 새끼야, 비켜!" 하고 소리쳤다. 그러고는 현관문을 발로 힘껏 차면서 밖으로 나가 버렸다.

"흥, 이제 거지가 되셨구만!"

#41

외삼촌이 선비한테 용돈이라며 이만 원을 내밀었다. 선비는 오늘만큼은 그 돈을 받고 싶지 않았다. 알 수 없는 초라함이 눈썹에 맺혔다. 자존심도 상했다. 대체 왜 자존심이 상하냐고 누군가 물어 온다면 딱히 뭐라 할 말은 없었다. 선비는 애써 그 돈을 피하려고 하였다. 외삼촌은 그런 선비를 더욱 흐뭇하게 보면서 "너라도 말썽 부리지 말고 공부 잘해라. 엄마가 너희들 보고 살지, 누굴 보고 살겠니?" 하고는 만 원짜리를 하나 더 보태 선비의 손에다 쥐여 주었다. 선비는 그 힘을 거역할 수 없었다.

#42

선비는 혼자 집 뒤로 가서 향나무 밑에 앉았다. 지나가던 고양이들이 텔레파시로 연락이라도 하는 건지, 가끔씩 이곳에 앉아서 우울하게 고개를 숙이고 있으면 귀신같이 깜박이가 나타났다. 깜박이는 꼬리를 길게 들어서 선비의 다리에다 문지른 다음, "선비야, 왜 그래? 무슨 일이 있니?" 하고 물었다. 다른 사람들 귀에는 "야아옹!" 소리로 들리겠지만 선비의 귀에는 분명히 그렇게 들렸다.

오늘도 마찬가지였다. 어느새 깜박이가 옆에 와 있었다. 깜박이는 혼자가 아니었다. 깜박이보다 더 커 보이는 까만 고양이가 파란 눈빛을 쏘아 대고 있었다. 깜박이는 그 까만 고양이랑 선비를 번갈아 보면서, 그 고양이가 자신의 친구라고 소개했다. 선비는 까만 고양이에게 아주 근사하게 생겼다고 말해 주었다. 까만 고양이는 선비를 잘 알고 있다는 표정이었으나, 손이 닿지 않을 정도의 거리를 유지하였다. 선비는 고양이들에게 지금 자신의 심경을 주절주절 풀어놓았다. 선비의 말이 끝나 갈 즈음, 까만 고양이가 깜박이를 불렀다. 깜박이는 몇 번이나 망설이다가 까만 고양이 쪽으로 천천히 걸어갔다.

집 안에는 텔레비전 소리만이 울려 퍼지고 있었다. 용비도 나가고 없었고, 솔비도 보이지 않았다. 어머니는 혼자 텔레비전 앞에서 술을 마시고 있었다. 선비는 그런 어머니의 등 뒤로 다가가다가 저도 모르게 돌아섰다. 이대로, 그렇게, 어머니 혼자 두고 싶었다. 오늘은 이상하게도 어머니를 위로해 줄 자신이 없었다. 입안에서 그 어떤 말도 맴돌지 않았다. 오히려 선비가 위로받고 싶었다.

늘 기다려 온 아버지라는 존재가, 줄이 툭 끊어져 어디론가 날아가 버린 연처럼 느껴졌다. 선비는 누구라도 자신에게

아버지를 향한 기다림을 놓아서는 안 된다고 말해 주기를
바랐다.

#43

　오늘은 학교에서 선식이한테 언어맞을 뻔했다. 선식이는
공부를 잘하는 편이었으나 성격이 까칠해서 좋아하는 아이
들보다는 싫어하는 아이들이 더 많았다. 선비도 녀석이 부담
스러웠다. 그래도 녀석이 수학 문제를 들고 와서 도움을 청
하면 하기 싫어도 억지로 들어주어야 했다.

　하지만 오늘은 녀석이 들고 온 수학 문제를 봐도 눈에 들
어오지 않고 귀찮아졌다. 그래서 모르겠다고 했더니 "야, 네
가 모르는 문제도 다 있냐?" 하고 웃었다. 거기까지는 좋았
는데, 선비는 저도 모르게 "나도 모르는 거 많아!" 하고 약간
짜증 내는 투로 말해 버렸다. 그리고 금방 후회했다. 선식이
의 눈은 어느새 독사처럼 세모로 변해 있었다.

　"이 새끼 봐라. 그동안 내가 봐줬더니. 새끼야, 꼽냐? 너 나
한테 불만 있지? 있으면 말해 봐, 이 새끼야!"

　선비가 없다고 하자, 선식이가 멱살을 잡아 흔들기 시작했
다. 마침 태섭이가 다가와서 "야, 말로 해라." 하고는 말려 주

었다. 선식이는 그 말을 듣고 "그래, 너 같은 놈을 치면 내 주먹이 쪽팔리지." 하고는 웃어 버렸다.

선비는 집에 오면서도 그런 선식이의 웃음이 마음에 걸렸다. 선식이는 자신의 눈에 밉보인 아이는 온갖 수단과 방법을 다 동원하여 괴롭히는, 전과가 화려한 놈이었다. 그놈이 작정하고 달려들면 태섭이도 막아 줄 수 없을 것이고, 학교 선생님들도 방패막이가 될 수 없다는 것을 선비는 잘 알고 있었다.

그런 생각을 하다 보니 선비는 집이 아니라 엉뚱한 곳으로 가고 있었다. 어디로 가는지 선비도 알 수 없었다. 한 시간이 넘도록 길과 길이 이어진 곳을 따라 걷고 또 걸었다. 그러다 저도 모르게 핸드폰 가게 근처에서 얼쩡거렸다. 막상 가게에 진열된 핸드폰을 보니 갑자기 열이 올랐다. 선비는 당황했다. 핸드폰을 훔치고 싶은 충동과 당장 갖고 싶다는 충동이 격렬하게 일었다.

집 앞에서는 깜박이가 선비를 기다리고 있었다. 까만 고양이도 보였다. 선비가 반갑게 인사를 하면서 집으로 들어서자 깜박이가 따라왔다. 까만 고양이도 망설이다가 들어왔다. 선비가 소시지를 주었다. 까만 고양이는 먹지 않고 주위를 경계했다.

솔비는 까만 고양이를 보고는 "헉!" 하고 놀라더니 자기 방으로 들어가 버렸다. 오늘도 여자 친구를 달고 들어온 용비는 까만 고양이를 보고는 선비를 손가락으로 불렀다.

"야, 깜생아. 고양이가 늘었네. 저놈 친군가?"

"야아옹."

"뭐? 애인이라고?"

"야아옹."

"이러다가는 우리 집이 고양이들 차지가 되겠는데……. 야, 깜생아. 나는 너한테 깜박이만 허락했지 다른 놈까지 허락한 건 아니다. 다른 놈까지 데려오려면 따로 계약해야지. 어때? 어제 외삼촌이 용돈 줬지?"

"야아옹."

"그래, 내가 깎아 줄게. 딱 삼만 원만 내라!"

"도둑놈!"

"뭐야, 이 짜식이. 그럼 고양이랑 꺼져!"

"너나 꺼져!"

#44

어머니가 집에 들어오자 솔비가 방에서 나왔다. 솔비는 어머니가 앉을 틈도 주지 않고 말 대포를 날렸다.

"엄마도 아빠가 이렇게 되기를 바란 거지?"

"솔비야!"

"결국 포기했다는 뜻이네?"

"너?"

"이제 후련하시겠어?"

"이 녀석이!"

"솔직히 엄마는 아빠랑 이혼하고 싶어 했잖아?"

"후우!"

"변명은 안 하네. 사실 난 그때, 삼 년 전에 엄마가 아빠한
테 이혼하자고 했을 때, 아빠가 이혼해 주기를 바랐어. 그랬
더라면 이렇게 비참해지지는 않았을 텐데."

"뭐?"

"걱정 마. 그래도 원망은 안 할 테니까. 그냥 솔직한 엄마
마음을 듣고 싶었을 뿐이야. 나라도 엄마처럼 했을 거야."

"야아!"

"왜? 내가 너무 정곡을 찔러서?"

"이 녀석이!"

어머니의 목소리는 더 이상 이어지지 못했다. 용비가 거실
에 나와 "야, 외계인 넌아! 왜 죄 없는 엄마한테 그래?" 하고
시비를 걸었기 때문이다. 그때부터 솔비의 목소리는 커졌고,
용비도 지지 않고 눈을 크게 부라렸다. 둘은 몸싸움까지 벌

였다. 결국 어머니가 뭔가를 마구 집어 던지면서 흐느끼자, 그제야 둘은 으르렁거림을 멈췄다. 어머니는 비닐처럼 펄럭이는 그림자를 끌고 밖으로 사라졌다. 아무도 그런 어머니의 그림자를 보지 않았다. 선비만이 신발장 앞에서 한 시간이 넘도록 제 그림자를 밟아 대고 있을 뿐이었다.

#45

솔비가 학교 앞에서 선비를 기다리고 있었다. 이런 곳에서 솔비를 마주치다니, 선비는 낯설어서 견딜 수가 없었다. 솔비가 애써 눈웃음을 지어 보였다. 선비네 반 아이들이 솔비를 보고 와서 인사를 하였다.

"누나, 정말 보이시한 미인이네요."

선식이가 장난스럽게 말을 걸었다. 솔비는 팔짱을 낀 채 "참새 눈깔보다 쪼끄만 것들이!" 하고 말끝을 흐리더니 갑자기 앞장서서 걸었다. 따라오라는 몸짓이었다. 솔비랑 선비는 근처에 있는 아이스크림 전문점에 갈 때까지 말이 없었다.

솔비는 선비가 아이스크림을 다 먹고 나자 비로소 입을 열었다. 아버지에 대한 이야기였다. 한마디로 아버지가 너무 불쌍하다는 것이었다. 거의 울먹이는 목소리였다. 아버지는 어려서부터 유독 솔비를 예뻐했다. 두 사람은 외모도 닮았다. 허스키한 목소리랑 말투도 비슷했다. 솔비는 부모님이 이혼해도 받아들일 수 있지만 이렇게 아버지를 방치하는 건 옳지 않다는 입장이었다. 선비는 한마디도 내놓지 않았다. 그냥 들어 주기에도 벅찬 이야기였다.

"야, 위인전! 부탁이 있어."

"뭐?"

"같이 안 갈래?"

"어딜?"

"아빠 찾으러. 그래도 우리 아빠잖아?"

"아!"

"대충 알아냈어. 내가 아빠 친구분한테 연락했거든. 노숙자는 아니고, 씨이, 그건 헛소문이고…… 청주에서 일하신대. 사정이 그리 좋지 않은 건 사실인 것 같고. 혼자 갈 수도 있지만 너랑 같이 가면……."

"나도?"

"싫으면 관둬도 돼. 너한테는 아빠가 별로……."

"그……."

"아냐. 혼자 갈래."

"갈게."

"진짜? 오늘 수요일이니까 토요일 어때?"

"그래."

"선비야, 고맙다!"

"……어?"

#46

선비는 집에 올 때까지 계속 선식이만 생각하고 있었다. 선식이는 아침부터 선비를 보고 실실 웃더니, 점심을 먹자마자 잠깐 보자고 손짓했다. 은연중에 긴장해 버린 선비는 선식이를 따라 끌려가듯 매점으로 갔다. 놀랍게도 선식이가 음료수랑 과자를 사 주었다. 이 갑작스러운 호의를 어떻게 받아들여야 할지 몰라서, 선비는 오히려 정신을 똑바로 차렸다. 선식이는 한참을 망설이다가 헤헤헤 웃으며 말했다.

"야, 선비야, 솔비 누나 폰 번호 좀 알려 주라. 딱 내 스타일이거든."

선비가 놀라서 쳐다보자 선식이는 눈을 돌려 버렸다. 선비는 자꾸만 눈을 돌리는 선식이를 보고는 오히려 더 당황스러웠다. 선비는 그제야 선식이가 솔비를 정말 좋아한다는 것을 알아챘다. 선비는 솔비 핸드폰이 고장 났다고 했다. 선식이는 그래도 괜찮으니까 알려 달라고 했다. 그 눈빛이 간절

해 보였다. 선비는 마음속으로 '솔비+선식'은 어떤 답이 나올까, 그 알 수 없는 조합을 생각하다가 솔비의 번호를 알려 주었다. 선식이는 고맙다고 하면서 폴딱폴딱 뛰었다. 얼마나 신이 났으면 그렇게 뛰었을까. 선비는 그런 선식이의 마음을 쉽게 이해할 수 없었다.

선비가 집에 와서 라면을 먹자마자 깜박이가 문을 긁어 댔다. 오늘도 혼자가 아니라 둘이었다. 선비는 깜박이랑 마주 보면서 볼을 비볐다. 까만 고양이는 가만히 보고만 있었다. 깜박이가 안으로 들어왔다. 까만 고양이는 한동안 망설이다가 깜박이가 뭐라고 소리치자 내키지 않는 걸음을 조심스럽게 집 안까지 옮겨 왔다. 하지만 선비가 문을 닫으려고 하자 얼른 나가 버렸다. 깜박이도 재빠르게 따라 나갔다. 둘은 폴딱폴딱 뛰면서 서로의 볼을 비볐다. 그렇게 폴딱폴딱 뛰는 모습이 선식이랑 비슷했다. 까만 고양이는 깜박이의 남자 친구였다.

고양이 연인은 주위를 두리번거리면서 집 뒤로 갔다. 선비도 따라갔다. 남자 친구가 계속 앞서가다가 뒤돌아보고는 깜박이한테 뭐라고 소리쳤고, 그때마다 느릿느릿 따라가던 깜박이는 알았다는 듯이 서둘러 걸어갔다. 그렇게 한참을 따라가던 깜박이가 갑자기 몸을 돌리면서 선비한테 뛰어왔다. 선비는 고양이처럼 웅크렸다가 깜박이 몸에다 얼굴을 비벼 댔다. 깜박이는 그런 선비를 보고 뭐라고 소리쳤다. 십여 미터 앞에서 남자 친구가 계속 깜박이를 불러 댔다. 깜박이는 남자 친구 쪽으로 가면서도 계속 고개를 돌려 선비를 보았다. 가다가 돌아다보고, 또 보고, 또 보고……. 순간 선비는 어쩌면 다시는 깜박이를 볼 수 없을지도 모른다는 생각이 들었다. 깜박이가 오늘처럼 행동한 적은 없었다.

#47

선비의 예감은 적중했다. 다음 날에도, 그다음 날에도 깜박이는 오지 않았다. 솔비랑 아버지를 찾으러 가기로 한 날에도 오지 않았다.

그날 솔비는 화장실에서 어머니처럼 담배를 피웠다. 선비는 얼굴을 찌푸리며 담배가 얼마나 몸에 좋지 않은지 한바탕 쏟아내고 싶은 마음을 가까스로 억눌렀다. 솔비는 전혀 선비를 의식하지 않았다. 선비가 아니라 어머니가 보고 있다고 해도 그랬을 것이다. 그렇게 담배 한 대를 다 피우고 나서야 솔비는 선비를 보았다. 눈물이 가득 차 있는 쓸쓸한 표정이었다.

"위인전! 오늘은 못 갈 것 같다. 아빠 친구분이랑 통화했는데, 아빠가 다른 곳으로 가셨대. 저 경상도 아래쪽 통영으로. 아빠가 다음 주에 연락한다고 했다면서 그때까지 기다리래. 아마 내가 온다는 걸 알고 그러시는 것 같아."

#48

월요일 오후였다. 선비가 집에 왔을 때 용비는 소파에 앉아 있었다. 오늘도 학교를 땡땡이친 모양이었다. 물론 그 여자 친구도 같이 있었다. 용비는 선비를 보자마자 일어났다.

"야, 깜생아. 너 돈 있지? 다 갚을게. 그러니까 삼만 원만 빌려주라. 너무 급해서 그래. 야, 외삼촌이 주고 갔잖아? 넌 돈 감추기 선수, 난 돈 찾아내기 선수. 선수끼리 왜 이래?"

선비는 아예 대꾸하지 않았다. 용비가 뒤쪽에서 선비를 잡고는 호주머니를 뒤졌고, 그다음에는 가방, 책상, 책꽂이, 책갈피, 장판 밑, 붙박이장, 벽시계, 컴퓨터 본체 등을 뒤지기 시작했다. 그래도 돈이 나오지 않자 선비의 책을 마구 집어 던졌다. 용비의 여자 친구는 키득키득 웃고만 있었다. 용비는 책꽂이에 있던 책들을 다 해체하고 나서야 조롱하듯이 말했다.

"야, 깜생아! 요새 그 도둑고양이 안 오더라. 난 이럴 줄 알

았어. 친구 좋아하시네! 이 새끼야, 이 미친 새끼야! 그런 고
양이가 뭐라고 비싼 돈 들여서 수술을 해 주고, 먹여 주고,
재워 주고 지랄을 했냐?"

"수술비는 엄마한테 빌린 거야."

"이 새끼가 지금 무슨 개지랄을 하는 거야!"

"나중에 갚을 거야."

"야, 이 새끼야, 까불지 말고 돈이나 내놔. 너 내가 못 찾을
줄 아나 본데."

"맘대로 해!"

"이 새끼, 돈 찾기만 해 봐라!"

"개빡쳐!"

선비는 힘껏 현관문을 걷어차고 나와 버렸다. 용비가 뒤에
서 사납게 으르렁거려도 겁이 나지 않았다.

#49

아침부터 내리던 비가 그치자 이 세상 모든 된장잠자리들
이 쏟아져 나왔다. 대단한 굿판이었다. 선비네 집으로 통하
는 골목은 잠자리들 세상이 되어 버렸다. 녀석들은 인간들의
상상력이 닿을 수조차 없는 어느 비밀스러운 뜰에서 군무

연습을 한 모양이었다. 멍하니 그런 잠자리들의 놀이를 보고 있는데, 누군가 선비의 어깨를 툭 쳤다. 비명을 지를 만큼 놀랐다. 선비 뒤에는 외삼촌이 서 있었다.

"어디다 정신을 두고 있냐? 외삼촌이 열 번은 더 불렀을 거다!"

선비는 뒷머리를 긁적거리며 인사를 했다. 그런 이야기야 자주 듣기 때문에 별로 신경 쓰이지도 않았지만, 조금 전에야 간신히 얼굴을 내민 해님이 하루를 결산하지도 않았는데 외삼촌이 들이닥쳤다는 건, 집안에 급한 일이 생겼음을 의미했다. 선비의 예민한 촉수가 외삼촌의 눈을 더듬었다. 외삼촌의 얼굴에는 반란을 일으키듯이 땀 지렁이 떼가 가득 차 있었다. 외삼촌은 신경질적으로 잠자리 떼를 쫓았다.

"어서 가자. 더워서 돌아 버리겠다!"

외삼촌은 안짱걸음으로 잠자리들의 군무를 헤치며 나아갔다. 선비는 그 뒤를 따라가다가 또다시 누군가 부르는 소리를 들었다. 십여 걸음 뒤에서 용비가 어기적어기적 둔한 걸음을 몰아오고 있었고, 어머니는 그 옆에서 황소 한 마리를 끌고 오는 것처럼 힘들어하고 있었다.

"쪽팔려! 에이, 씨바, 쪽팔려! 진짜 쪽팔려! 쪽팔려 미치겠네. 쪽팔려 돌아 버리겠네! 아아, 쪽팔려, 쪽팔려, 쪽팔려!"

용비는 집에 올 때까지 쪽팔리다는 말을 억만 번쯤 되풀이하였다. 그러다가 선비하고 눈이 마주치자 "뭘 봐, 이 깜생아!" 하고 괜히 신경질을 부렸다. 용비의 얼굴은 상처투성이였다. 윗입술에는 피딱지가 두 군데나 붙어 있었고, 얼굴에는 십자가 모양의 계급장이 네 개나 붙어 있었다. 용비는 말할 때마다 눈살을 찌푸리며 엄청 아프다는 사실을 더 과장되게 드러냈다. 솔비는 그런 용비를 힐끗 보더니 "병신!" 하고는 방 안으로 사라졌다. 선비는 그렇게 용비를 비웃을 수 있는 솔비가 새삼 부러웠다. 어머니가 선비한테 방으로 들어가라고 눈짓했다. 찬물로 땀 지렁이 떼를 간신히 진압하고 나온 외삼촌이 어머니한테 술 한잔 달라고 했다. 어머니는 용비한테 씻고 나오라고 했다. 용비는 소파에 앉아서도 계속 쪽팔린다는 말만 쏟아 냈다. 외삼촌이 그런 용비를 불렀다.

"얀마, 기름병, 이리 와라. 삼촌이랑 한잔하자. 너 이 자식아, 밖에서 술 먹는 거 다 알아. 내가 생각해도 쪽팔린다. 그 덩치 어디에다 써먹을래?"

"에이, 쪽팔려!"

"그래도 꼴에 작대기 달린 놈이라고, 지 여친 앞에서 용감한 수컷 노릇 한번 해 보려고 했는데, 그래, 진짜 개망신이다!"

"짭새들만 아니었으면. 에이, 씨바!"

"너하고 맞짱 뜬 놈은 보니까, 잠자리 한쪽 날개로 부채질만 해도 날아갈 것처럼 깡마르고 작던데. 고것 하나 주무르지 못해서, 네 친구들까지 끌어들이냐?"

"그게 아니라구요!"

"네 여친인가 하는 고것 꼬락서니를 아무리 봐도 예쁜 구석이라고는 십 원어치도 안 보이던데, 고것을 두고 두 놈이 붙었다니! 꼴좋다! 내가 엄마하고도 아까 이야기했다! 오늘 일은 더 이상 말하지 않겠다! 다행히 그놈도 많이 다치지는 않았고 해서, 경찰도 더 문제 삼지는 않겠다고 했으니까."

"그 새끼가 먼저 시비 걸었다고요!"

"그건 그렇고. 자, 한잔 받아라. 외삼촌이 받으라고 할 때 받아, 이 자식아. 너 말해 봐라. 대체 뭐가 불만이니? 대체 뭐가 불만이어서 만날 공부도 안 하고, 학교랑 학원이랑 땡땡이치고."

"불만 없다는데 왜 이러세요!"

"너 삼촌 치겠다? 아니, 불만이 없는데 왜 공부도 안 하고 만날 이러냐고? 네 엄마가 불쌍하지도 않냐? 너 만약에 내 자식이었다면, 넌, 넌, 진짜, 벌써 사망했다! 야, 이 새끼야, 동생들 보기에 민망하지도 않냐?"

"에이, 씨이. 난 괜찮다는데 대체 왜 이러시냐고요!"

용비가 벌떡 일어났다. 용비 발이 술상에 걸려 하마터면 엎어질 뻔했다. 안방에서 어머니가 나왔다. 눈이 빨갰다.

"너 삼촌한테 그게 무슨 말버릇이야?"

"에이씨, 이놈의 집구석에만 오면 숨이 막혀!"

용비는 발로 문을 차면서 밖으로 나가 버렸다. 외삼촌이 용비를 부르며 나가려고 하자 어머니가 팔을 잡았다.

#50

용비는 사흘째 들어오지 않았다. 솔비는 선비하고 마주쳐도 집을 나간 용비에 대해서 이렇다 저렇다 논평하지 않았다. 어머니만이 선비 앞에서 억지웃음을 퍼 올리면서 다른 때보다 많은 용돈을 주기도 했으며, 핸드폰 기종을 알아보았냐고 묻기도 했다. 선비는 반갑지 않았다. 선비의 눈에는 그런 어머니가 뿌리째 뽑혀서 말라 가는 작은 나무로 보일 뿐이었다.

어머니는 밤마다 혼자서 쓰디쓴 술을 지친 마음속으로 꾸역꾸역 밀어 넣어야만 버틸 수 있었다. 선비는 그런 어머니에게 자신이 해 줄 수 있는 게 별로 없다는 사실이 안타까웠다. 무기력한 자신이 싫었다.

문득 선비는 어머니랑 같이 담배를 피우고 싶었다. 그런 생각이 불쑥 들었다. 그렇게 해서라도 어머니를 위로할 수만 있다면 폐암에 걸려도 상관없었다.

진심으로 어머니의 술친구가 되어 주고도 싶었다. 물론 얼마 전에 어머니가 따라 준 술 한 잔을 마셔 보기도 했지만, 그때와 다르게 온몸이 망가질 때까지 죽도록, 끝장을 볼 때까지 어머니와 함께 술을 마시고 싶었다. 그렇게 해서라도 어머니를 위로할 수만 있다면 알코올 중독자가 되어도 상관없다고 몇 번이나 중얼거렸는지 모른다.

요즘 들어서는 공부도 잘되지 않았다. 아무리 수학책을 펴놓고 집중하려고 해도 금세 무기력해지면서 한숨만 터져 나왔다.

그럴 때마다 깜박이가 떠올랐다. 깜박이에게 서운하기도 했다. 그래도 가끔은 찾아올 줄 알았다. 이렇게 발길을 끊어버릴 줄은 몰랐다. 그러면서도 선비는 깜박이를 이해해야 한다고 자신을 달랬다. 틀림없이 깜박이는 그 까만 고양이랑 가족이 되었을 것이다. 그러니 혼자서 살 때하고는 전혀 다를 거라고 이해하려고 해도, 순간순간 서운해지는 건 어쩔 수 없었다. 선비의 감정은 몇 초 단위로 바뀌고 있었다.

그러다 어머니가 베란다 재떨이에 어머니가 남겨 놓은 담배꽁초를 보고 무심코 입에 물었다. 선비는 담배에다 불을 붙였다. 빨았다가 내뱉었다가 다시 힘껏 빨았다가, 두 손으로 입을 막고 연기를 삼켰다. 쿨럭쿨럭, 기침이 나왔다. 다시 삼켜 보았다. 선비의 얼굴이 빨개졌다. 어지러웠다. 선비는 베란다에서 토하기 시작했다. 아침부터 입안으로 밀어 넣었던 것들을 다 쏟아 냈다. 졸음이 왔다. 그대로 눈을 감아 버렸다.

선비는 솔비의 목소리를 듣고서야 잠에서 깨어났다. 솔비는 선비가 토해 놓은 것들을 치운 다음, 이렇게 말했다.

"야, 위인전! 하여간 넌 참 특이해. 청소년기에 담배 피우면 폐암이나 간암, 위암에 걸릴 확률이 얼마나 높은지 다 꿰고 읊으면서 담배라는 말만 들어도 알레르기 반응을 일으키던 네가 담배를 피우다니! 맞다, 네 친구 선식이! 고 자식도 괜히 폼만 잡고. 내가 제대로 담배 배워서 다시 오라고 했다. 그럼 상대해 주겠다고."

#51

아무런 말을 하지 않기로 비밀 협약이라도 맺었는지 어머니하고 솔비는 집 나간 용비에 대해 한마디도 하지 않았다. 어젯밤에는 용비의 여자 친구 부모님이 찾아와서 이것저것 캐묻기도 하였다. 용비는 혼자 사라진 게 아니었다.

선비는 새삼 그들이 부러웠다. 그들이 정상으로 보였다.

가족이라면 그렇게 찾아다니는 척이라도 해야 한다. 어머니는 철저하리만큼 마음속을 내보이지 않았다. 선비는 그런 어머니가 자꾸만 짝퉁처럼 보였다. 그래서 불편했다. 진짜 다들 아무렇지도 않은 걸까. 선비는 한번 터놓고 물어보고 싶었다.

선비는 그런 질문조차 던질 수 없는 현실을 버티어 내는 게 너무 힘겨웠다. 그냥 잊고 싶었다. 기억 상실증에 걸려도 좋으니까 머릿속 하드 디스크에 내장된 모든 기억을 소거해 버리고 싶었다.

선비는 두 번째로 담배 피우는 연습을 했으나 이번에도 토악질만 해 대고 말았다. 그렇다면 술이라도 마시고 싶었다. 선비는 냉장고에 있는 술을 끄집어냈다. 한 잔, 두 잔, 석 잔째 마셨을 때, 민란이 일어나듯이 배 속이 부글부글 끓더니 결국 화장실에서 토악질을 하고는 그 자리에 주저앉고야 말았다. 온몸에 붉은 열꽃이 번지고 있었다. 그걸 본 솔비가 "야, 범생아. 너는 술 담배가 맞지 않나 보다. 체질적으로 그런 사람이 있어. 그러니 괜히 더 덤비지 마라." 하고 말했다. 어쩌면 그럴지도 모른다.

"그래서 나한테 어쩌라고! 나한테 어쩌라고! 왜 나만 못하게 하는 거야! 왜? 나한테 어쩌라고? 난 죽어도 좋아. 그냥 편해질 수만 있다면! 그냥 다 잊어버릴 수 있다면!"

#52

선비는 붙박이장에 들어가서 휴지를 둘둘 말아 귀를 막고 잠을 잤다. 소리의 통로를 봉쇄해야만 겨우 잠을 부를 수 있었다. 누군가 붙박이장 문을 마구 두들겼다. 솔비였다. 선비는 왜 그러냐고 짜증을 내면서 붙박이장 문을 열었다가 눈물범벅이 된 솔비의 얼굴을 보고는 온몸이 서늘해졌다. 선비는 귀를 막은 휴지를 빼내면서 밖으로 나왔다.

"뭐?"

"아빠가, 아빠가……."

솔비는 더 이상 말을 잇지 못했다. 선비의 머릿속으로 온갖 상상들이 밀려들었다. 머리가 아팠다. 전화벨이 울렸다. 집에서 전화를 받는 사람은 선비뿐이었다. 전화를 건 사람은 외할머니였다. 외할머니의 목소리는 "어이구, 불쌍한 새끼들. 어쩔거나, 불쌍한 새끼들!" 하는 타령조로 흘러나왔고, 선비는 멍하니 입을 벌리고만 있었다. 외할머니는 어서 솔비와 함께 병원으로 오라고 하였다.

선비의 뇌는 아버지의 죽음을 받아들이고 있었지만, 몸이 따르지 않았다. 솔비는 화장실에서 엉엉 울어 댔다. 얼마나 슬프게 울어 댔는지, 얼굴이 창백해지고 아무런 감정을 느낄 수가 없는 그런 상태로 변해 버렸다. 하지만 놀랍게도 솔비

는 그리 오래 울지 않았다. 솔비는 깡다구로 울음을 씹어 삼
키고 선비한테 어서 가자고 하였다.

병원으로 향하는 동안 솔비랑 선비는 아무런 말을 하지
않았다.

선비의 눈에는 길을 걷는 사람들 얼굴도 하얀색이었고, 하
늘과 땅도 하얀색이었다. 택시를 탔다. 솔비는 오른쪽 세상
만 보았고, 선비는 왼쪽 세상만 보았다. 병원이 보이자 차창
속에 있는 작은 남자아이의 가슴이 끓어올랐다.

#53

선비는 장례식장에서도 아버지의 비극을 받아들일 수 없
었다. 아버지라는 존재가 이 세상의 끝으로 사라져 가고 있
었다. 선비에게 아버지는 희미하기는 했어도 늘 따뜻한 피와
잔잔한 웃음이 흐르는 존재였다. 아버지는 위엄이 서린 잔소
리 한번 쏘아 대지 못했을 정도로 순한 얼굴에 때로는 어른
이라기보다는 아직 덜 자란 아이 같은 여린 목소리를 가진
사람이었다. 꼭 한번 아비 대 자식이라는 혈연의 관계를 넘
어, 인간 대 인간으로서 술 한잔 나누면서 이야기하고 싶은
사람이었다. 선비는 그런 날을 꿈꾸고 있었다. 이제는 그런

기다림조차 쌓아 둘 수 없어서, 그런 허탈함이 선비를 무너지게 하였다.

선비는 울었다. 대책 없는 울음이었다.

너무 일찍 스러져 간 아버지에 대한 안타까움도 아니었고, 세상에 하나뿐인 아버지를 잃은 슬픔 때문도 아니었다. 선비는 아버지한테 미안했다. 그래서 울었다.

누군가 선비한테 "네 아버지는 어떤 분이셨니?" 하고 물어 온다면 뭐라고 대답할 수 있을까. 착한 분이었다는 말밖에는, 아버지에 대해 아는 것이 없어 몇 마디도 뱉어 낼 수 없을 것이다. 아버지가 무슨 음식을 좋아했는지, 즐겨 부르는 노래는 뭐였는지, 별명은 뭐였는지, 뭘 잘하시는지……. 도무지 기억이 나지 않았다. 너무 미안했다. 굳이 아버지의 자식이라는 공식을 들이대지 않더라도, 십 년이 넘도록 함께 살을 지지면서 살아온 생명체로서 한없이 미안했다.

그래서 선비는 울고 또 울었다.

아버지는 외톨이였다. 아내도 있었고 자식도 셋이나 있었지만, 그들을 한 집합으로 묶어 내지 못하고 툭 떨어진 낙오자였다.

아버지는 일을 하다 심한 뇌출혈로 갑자기 쓰러졌다고 하였다. 병원에서 다섯 시간을 몸부림치던 아버지는 이승에서의 외로움을 천천히 내려놓았다. 문상 온 사람들 표정은 죽은 자에 대한 안타까움과 산 자에 대한 걱정으로 뒤엉켜 있었다.

#54

하도 선비가 서럽게 울어 대자 이미 목이 쉬어 버린 어머니조차 울음의 매듭을 짓고는 아들을 달래려고 하였고, 아버지를 가장 좋아했던 솔비는 무표정한 얼굴로 혼자 문상객들을 받아 내는 어른스러움을 보여서 사람들을 놀라게 하였다. 그 어떤 배우라 해도 흉내 낼 수 없을 정도로 냉정한 얼굴이었다.

선비는 물 한 모금도 받아들이지 못하고 토하기만 하였다. 아버지가 희미한 웃음을 지으면서 "선비야, 왜 식구들이 다 여기에 와 있니? 누가 돌아가셨니?" 하고 걸어오는 장면만 떠올랐다. 그러면 그럴수록 선비는 힘들었다.

참으로 알 수 없는 일이었다. 선비는 외삼촌 등에 업혀서 입관실로 갔다. 그곳에 누워 있는 아버지를 보자, 예상보다 편안한 얼굴로 잠든 얼굴이 눈에 들어오자, 봄볕이 스며들 듯 따스한 기운이 선비의 몸에 돌았다. 그때부터 선비는 외삼촌의 부축 없이도 혼자 설 수 있었다.

대신 솔비의 몸에 갇혀 있던 울음보가 폭발하였다. 어른들은 선비의 바통을 솔비가 받았다고 하면서, 유독 아버지를 좋아했던 솔비를 보고 혀를 차 댔다. 솔비는 피가 흐르지 않는 아버지의 발을 잡고 끝없이 아버지를 불러 댔다. 결국 솔비는 입관을 다 보지 못하고 의식을 놓아 버렸다.

#55

솔비가 쓰러지자 이번에는 선비가 혼자 문상객을 받았다. 선비는 문상 온 어른들과 어색하게 맞절할 때마다 묘하게도 그들이 낯설지 않았고, 또한 너무 커 보이지도 않았다. 왜 그런지는 모르겠으나 자신이 살아온 삶의 무게와 문상 온 어른들의 삶의 무게가 비슷한 것 같았다.

어른들은 선비의 손을 잡은 다음, 용비는 어디에 있냐고 물었다. 그때마다 뒤에 있던 어머니의 눈이 말라 갔다. 문상 온 사람들은 아버지에 대한 이야기만큼이나 용비에 대한 이야기도 많이 했다. 아버지가 아니라 용비가 죽은 게 아닌가 하는 착각이 들 정도였다. 큰아들도 없이 아버지의 장례를 치를지도 모르겠다며 안타까워했다.

선비의 담임과 몇몇 아이들이 문상을 왔다. 반장이랑 태섭이, 그리고 선식이도 보였다. 선비는 어른들보다 같은 또래들이 더 어색했다. 어른도 아닌 것들이 어른들처럼 서로 마주 보고 절을 한다는 것 자체가 이상한 연극이었다. 어쩔 수 없이 대본에 따라야 하는지라 선비는 그들을 어른처럼 대했고, 그들도 어른처럼 선비의 손을 잡아 주었다. 그때 가슴속에서 뜨거운 덩어리 하나가 뭉클거렸다. 하마터면 울 뻔했다. 아이들도 무슨 말인가를 하고 싶어 했으나, 어른처럼 형식적인 위로의 말 한마디 제대로 하지 못하고 버벅거렸다.

"어머니, 이쪽은 우리 반……."

선비는 어머니에게 그들을 친구라고 소개할 자신이 없었다. 그래서 말끝을 흐려 버렸다. 반장하고는 제대로 된 말을 주고받은 기억이 없었고, 태섭이랑 선식이하고도 깊은 이야기를 나눈 적은 없었다. 과연 그들은 선비를 어떻게 생각할까. 선비는 그런 생각만 해도 겁이 났다. 그들의 입에서 무슨 말이 쏟아져 나올지……. 감당할 자신이 없었다. 선비는 그들에게 미안했다. 특히 태섭이하고는 일 학년 때부터 같은 반이었다. 그나마 태섭이는 좀 안다고 생각했지만, 막상 누군가가 그 애에 대해 물어 오면 별로 할 말이 없었다. 그저 좋은 아이라는 것, 남자인데도 끌릴 정도로 매력적인 놈이라는 것. 그러나 형이나 누나가 있는지 아니면 동생이 있는지, 영화를 좋아하는지, 어떤 노래를 좋아하는지, 미래의 꿈은 무엇인지, 어떤 여자를 좋아하는지……. 선비는 아는 게 없었다.

#56

용비가 문상객들 틈에서 불쑥 나타나리라고는 아무도 예상하지 못했다. 실제로 장례식장 앞까지 오도록 용비를 알아챈 사람은 아무도 없었다. 한 무리의 문상객들이 빠져나가자 용비가 뚜벅뚜벅 들어섰다.

용비를 가장 먼저 알아챈 사람은 어머니였다. 어머니랑 외할머니가 용비의 손을 하나씩 잡고 울어 댔다. 그때까지만 해도 용비는 울지 않았다. 하지만 아버지의 영정 앞에서 절을 하고 일어나 선비와 눈이 마주친 순간, "흐흑!" 하면서 손으로 눈을 문질렀다. 그와 동시에 그 큰 몸이 앞으로 무너졌고, "으어어어!" 하고 괴물처럼 소리를 지르며 울기 시작했다. 용비는 두 시간이 넘도록 고래고래 소리를 지르며 울음을 비벼 댔다. 울음소리가 아니라 덫에 걸려서 몸부림치는 괴물의 비명 소리에 가까웠다.

눈물을 그친 뒤 용비는 한동안 누워 있었다. 엄청나게 큰 몸속에 있던 눈물이 다 빠져 버려, 물이라도 입에다 부어 주어야 할 것만 같았다.

선비는 용비가 왜 울었는지 꼭 물어보고 싶었다.

저녁 일곱 시쯤, 멀리 추자도에서 고모할머니가 바다코끼리 같은 그림자를 끌고 왔다. 장례식장에 있던 모든 사람들이 고모할머니를 보고는 저마다 한마디씩 하였다.

"세상에, 저렇게 뚱뚱한 사람은 처음 봐!"

"오백 킬로도 더 나가겠어. 기네스북에 오르겠어."

"옛날에 레슬러 김일하고 붙었던 압둘라 더 부처라는 선수가 있는데, 꼭 그 선수를 닮았네. 김일이 천 번 정도 박치기를 하니까 그제야 쓰러지더라고."

선비는 순간적으로 고모할머니와 용비의 교집합은 바다코끼리라고 생각했다. 고모할머니라는 집합과 용비라는 집합을 겹쳐 놓으니, 이 세상에서 가장 뚱뚱한 바다코끼리 한 마리가 둘 사이에서 기어 나왔다. 고모할머니와 용비가 같이 있으면, 어머니와 아들이라 했을지도 모른다. 그만큼 닮아 보였다.

고모할머니는 엄청나게 뚱뚱한 몸을 흐느적거리면서 아버지의 이름을 불러 댔다. 어른들은 꼭 노래하듯이 박자에 맞춰서 울어 댔다. 고모할머니 옆에서는 어머니가 울어 댔는데, 큰아들이 나타났을 때보다 더 크게 울었다. 어머니의 울음소리도 고모할머니의 울음소리와 마찬가지로 일정하게 박자를 맞추고 있었다. 그러다가 고모할머니는 갑자기 돌아서더니 어머니의 어깨를 잡고 마구 흔들어 댔다.

"네가 죽인 것이다. 네가 죽인 것이여!"

"아이고, 아이고!"

"돈 못 벌어 온다고 네가 을매나 남편을 구박을 했으문, 아프다는 말 한마디 못 허고 숨을 놓아 부렀겄냐!"

"아이고, 아이고오!"

"을매나 구박했으문, 그것이 집을 나가서 돈 벌겄다고 아등바등 따순 밥 한번 지대로 못 먹구는……. 그러다가 골병든 것이여, 그러다가 뱅이 든 것이여! 살려 내라, 살려 내!"

"아이고오, 아이고오오!"

어머니의 울음소리가 더 거칠게 사람들 가슴을 긁어 대기 시작했고, 외할머니가 고모할머니의 손을 잡으면서 죄인처럼 죄송하다고 했다. 그럴수록 고모할머니는 어머니한테 아버지를 살려 내라고 목소리를 높였다. 선비는 혼란스러웠다. 고모할머니가 왜 어머니한테 아버지를 살려 내라고 하는 것인지, 외할머니가 왜 죄송하다고 하는지 알 수 없었다. 선비왼쪽에 서 있던 솔비가 고모할머니를 노려보면서 뛰쳐나가려고 했다. 그때 용비의 커다란 손이 솔비의 손과 선비의 손을 꼭 잡았다. 선비는 용비의 엄청난 힘을 느끼면서 고개를 돌렸다.

"우리 엄마 욕하지 마세요!"

갑자기 용비의 입에서 터져 나온 목소리가 사람들의 고막을 마비시켰다. 평소 목소리에 백 제곱했을 것 같은, 소음 측정기로 측정할 수 없을 것 같은 어마어마한 목소리였다.

그 한마디에 모든 사람들의 움직임이 멈춰 버렸다. 아마 이 세상의 모든 시간도 잠깐 정지했을 것이다. 하마만큼이나 입을 크게 벌린 고모할머니는 용비를 바라다볼 뿐, 더 이상 말을 끄집어내지 못했다. 선비는 처음으로 용비 같은 인간도 쓸모 있는 구석이 있구나, 하고 가슴을 쓸어내렸다.

#57

아버지의 장례식을 치른 지 닷새가 지났다. 선비는 잠을 자다가 눈을 떴다. 용비가 이불 속에서 여자 친구랑 문자를 주고받고 있었다. 선비는 저도 모르게 용비 쪽으로 얼굴을 돌렸다.

"그때 왜 그렇게 울었어?"

"깜짝이야!"

"장례식장에서."

"이 새끼, 자는 줄 알았더니!"

"꼭 물어보고 싶었어."

"그래, 언젠가는 물어볼 줄 알았다. 솔직히 아빠가 돌아가셨다는 말 들었을 땐 실감이 나지 않았어. 장례식장에 와서 아빠 영정 앞에서 절할 때도 마찬가지였고. '이거 뭐야? 다들 쇼하나?' 그런 생각까지 들었어. 원래 아빠는 우리 곁에 안 계셨잖아? 그래서 그런지 전혀 실감이 안 났어. 그런데 깜생이 너를 보자마자, 항상 코흘리개 애송이라고만 생각했던 네가 상복을 입고 어른처럼 서 있는 모습을 보니까, 갑자기 아빠의 죽음이 실감 나면서 막 눈물이 터져 나오는 거야. '바로 저기가 내 자리인데, 그동안 난 어디 있었나' 하는 생각이 들면서, 내 모습이 아주 작아지는 것 같았지."

"슬퍼서 운 건 아니네?"

"인정! 솔직히! 아빠가 돌아가셨다는 사실이 전혀 슬프지 않았다고 할 수는 없지만, 그것보다는, 네가 이해할지 모르겠다만, 아니 이해하지 못해도 상관없다만, 그냥 나를 있게 해 준 아버지라는 사람을 보내는 자리인데도 내가 서 있을 자리가 없는 것 같아서, 그래서 눈물이 났던 것 같아. 난 죽은 사람도 아닌데 내 자리가 없는 것 같아서. 그래서 운 거야. 이걸 뭐라 논리적으로 설명할 수가 없어."

#58

장례식이 끝나고 다시금 일상으로 돌아왔을 때, 선비는 적잖게 당황했다. 아무렇지도 않게 일상을 살아가는 자신을 이해할 수 없었고, 아버지가 없어도 전혀 불안하지 않은 자신이 스스로 미워지기도 했다. 적어도 선비는 아버지의 빈자리가 조금이라도 드러나기를 바랐다. 하지만 세상에는 원래부터 아버지라는 얼굴이 존재하지 않았던 것 같았다.

어느 집에나 가면 가장 눈에 잘 띄는 곳에 자리하고 있는 그 흔한 가족사진 한 장이 선비네 집에는 없어서, 이제 아버지를 느끼려면 안방 장롱 속에 묻혀 있는 오래된 사진첩이나 뒤적거려야 할 판이었다. 식구들은 여전히 아버지에 대한 이야기를 하지 않았다. 어머니도 전혀 흔들림이 없었다. 아버지를 보내고 집으로 돌아온 그날, 어머니의 눈에는 잠시 물인지 꿈인지 물컹물컹한 것들이 출렁거렸지만, 다음 날부터는 돌멩이가 들어앉은 것처럼 더욱 단단해져 있었다.

선비는 일기 쓰는 일이 많아졌고, 특히 벤 다이어그램을 자주 그렸다. 네 개의 원이 일기장에 나타났다. 원 속에는 어머니, 용비, 솔비, 선비의 이름이 각각 적혀 있었다. 선비는 그 네 개의 원이 겹쳐지는 부분을 붉게 칠했다. 네 개의 세상이 함께 가진 부분이었다. 선비는 그 붉은 세상으로 들어가서 살고 싶었다.

그런 생각을 하다 보면 어느새 또 하나의 원이 그려져 있었다. 안타깝게도 그 원은 텅 비어 있었다. 그래서 일부러 손에다 힘을 주어 아버지라고 써 놓고 나면 원은 금세 붉게 변해 있었다. 신비로운 일이었다. 결국 아버지는 식구들의 교집합이라는 뜻이었다. 그런 일이 되풀이될수록 희미했던 아버지의 윤곽은 점점 더 또렷해졌다. 이건 아버지의 죽음만큼이나 예측하지 못했던 일이었다. 어찌 된 일인지 모르겠으나 아버지는 선비의 벤 다이어그램 속에서 새롭게 태어나고 있었다.

아버지는 노래를 잘했다. 선비는 그걸 뒤늦게 떠올렸다. 특히 〈낭만에 대하여〉라는 노래를 잘 불렀다. 선비는 술에 취한 아버지가 그 노래를 흥얼거릴 때 솔비의 눈빛이 유독 슬퍼 보였다는 것까지 기억해 냈다.

왜 그런 기억이 이제야 돋아날까?

선비가 초등학교 이 학년이던 해 늦가을, 아버지의 생신날이었다. 저녁에 솔비가 노래방에 가자고 졸랐다. 솔비는 앞뒤 안 가리고 틈만 나면 자기 노래를 하려는 용비를 온몸으로 저지하면서 "오빠는 그만해. 난 엄마, 아빠 노래 듣고 싶어. 이런 때 아니면 언제 들어. 아빠 그거 해 봐. 최백호의 〈낭만에 대하여〉. 그거 아빠 십팔번이잖아?" 하고 아버지에게

마이크를 넘겼다.

선비는 아버지의 노래를 듣고 잘한다며 박수를 쳤다. 뿐만 아니라 아버지는 춤 실력도 수준급이었다. 집에 오면 유령처럼 움직이던 모습하고는 전혀 달랐다.

솔비도 그때부터 철들기 시작했구나!

선비는 새삼 솔비를 다시 생각하게 되었다.

선비의 기억 속에서 새롭게 걸어 나온 아버지는 뜻밖이었다. 농담을 자유자재로 부리고 수다스러울 정도로 말이 많은 사람이었다. 지금까지 선비가 생각해 온 아버지하고는 전혀 다른 모습이었다. 어쩌다가 아버지는 당신의 색깔을 다 잃어버렸을까. 그렇게 아버지가 잃어버린 색깔이 하나씩 떠오를 때마다 슬픔이 조금씩, 조금씩 선비의 가슴으로 흘러내렸다.

시간이 흐를수록 선비는 아버지의 부재가 점점 크게 느껴지기 시작했다. 눈에 보이는 것이 아니라 가슴으로 느껴졌다. 그럴수록 가슴이 아파 오고 매사에 의욕이 사라졌다. 어떨 때는 밥조차 먹기 싫었다. 당연히 학교도 가기 싫었다. 아버지가 사라졌는데도 아무렇지도 않게 살아가는 식구들을 보면 막 물어뜯고 싶을 정도로 화가 나기도 했다. 특히 용비가 은근히 형 노릇을 하려고 해서 더욱 못마땅하고 화가 났다. 자기 앞가림도 못 하는 주제에 형 노릇을 하려는 꼬락서니가 어처구니없었다. 그래서 선비는 "너나 잘하셔!" 하고 쏘아 대기도 했다. 용비는 얼굴을 붉히지 않았다. 선비는 그런 용비가 더 재수 없었다. 차라리 아무런 간섭을 하지 않는 솔비가 더 솔직해 보였다.

#59

어머니 생신이라고 외갓집 식구들이 우르르 몰려왔다. 선비는 좋아하는 치즈 케이크를 몇 번 우물거리다가 일어섰다. 선비의 미각은 완전히 멍텅구리가 되어 있었다. 어른들이 그런 선비를 보고 저마다 걱정스럽다는 투로 한마디씩 하였다. 선비는 그런 말이 고막으로 전달될 때마다 신경 끄시라고 소리치고 싶었다.

이제는 공부를 하지 않아도 불안하지 않았다. 중학생으로 살아가는 것, 먼 미래에는 더 좋은 날이 올 것이라는 희망 따위 모두 다 부질없다는 생각만 들었다. 선비는 일찍 방으로 들어와 누웠다. 그래도 어른들의 목소리가 뒤따라오자 붙박이장 속으로 들어가 문을 닫아 버렸다. 그때부터 집 안에 있던 어른들이 선비의 방을 들락거렸다.

"선비야, 그래도 나와서 뭐 좀 먹어야지. 케이크가 싫으면 치킨이라도 먹어라."

"중학교 이 학년이면 다 큰 놈인데……. 큰일이다. 걸핏하면 초등학생처럼 이런 구석으로 숨기나 하고, 꼭 자폐아처럼 행동하네."

"야, 이놈아, 자고 싶으면 나와서 자지. 고양이처럼 그 구석에 들어가서 청승 떠냐?"

"선비야, 어디 아프니? 선비가 아빠를 많이 좋아했던 모양이네, 아빠가 돌아가신 뒤로 더 말수가 없어졌다면서?"

"딱 봐도 예민하게 생겼잖아! 키도 안 크고, 눈만 초롱초롱하고."

"선비야, 안 먹어도 좋으니까 밖에 나와 있어라."

"야, 깜생아! 너 때문에 어른들이 가만히 앉아 계시지도 못한다. 어서 나와!"

#60

그 다음다음 날 오후였다. 선비가 집에 들어서자 뜻밖에도 외숙모가 기다리고 있었다. 선비는 외숙모를 볼 때마다 언젠가 들었던 솔비의 말이 떠올랐다.

"외삼촌이 아니라 외숙모가 엄마랑 피를 나눈 형제 같아."

그만큼 어머니하고 외숙모는 닮은 꼴이었다. 아무리 먹어도 살이 찌지 않는 체형이랑 창백한 피부, 짙은 눈썹, 넓은 이마, 가늘고 긴 손가락, 그리고 웃을 때 왼쪽 볼을 살짝 찡그리는 버릇까지. 다만 목소리가 달랐다. 어머니의 목소리는 거의 혼잣말에 가깝게 작고 낮았지만, 외숙모의 목소리는 지나치게 높고 활기찼다.

"선비야, 외숙모가 피자 좀 사 왔다. 너 좋아한다며? 먹어라. 먹어야 해. 넌 너무 안 먹어서 안 크는 거야. 너만 할 때는 먹는 만큼 커. 그리고 너 너무 행복해 보이지 않아. 힘들어 보여. 그치? 교회 나와. 이거 성경책인데, 힘들 때마다 봐라. 예수님을 믿으면 행복해진단다! 진짜야. 외숙모 봐라. 외삼촌이 돈을 잘 벌지 못해도 늘 행복하게 살잖아? 그게 다 예수님 덕분이란다. 이번 주 일요일부터 나와라! 너 좋아하는 피아노도 교회 나오면 마음껏 칠 수 있어. 기타도 마음껏 칠 수 있어."

도대체 어른들은 어쩌려고 이렇게 말을 함부로 하는 걸까? 하고 선비는 생각했다.

"정말요? 정말 교회에 나가기만 하면 행복해지나요?"

"그럼."

"만약 행복해지지 않으면 어떻게 하실래요? 외숙모가 책임지실래요?"

"물론이지."

"진짜 그랬으면 좋겠네요. 제가 교회에 나가서 죽도록 예수님을 부르고 기도하면, 모든 게 다 해결되었으면 좋겠어요. 진짜 그런가요?"

"암."

외숙모는 틀림없이 이렇게 말할 것이다. 무조건 예수님을 믿어야 한다고. 그러면 모든 문제가 술술술 풀리고 행복해질 것이라고. 선비의 두 손을 성경책 위에다 올려놓고 재빠르게 기도할 것이다.

#61

학교 앞 횡단보도를 건너자마자 빗방울이 떨어졌다. 선비는 하늘을 가린 구름을 가늠해 보면서 잠시 망설였다. 오늘은 집까지 뛰어갈 자신이 없었다. 요즘 들어서 조금만 뛰어도 숨이 차고 어지러웠다.

선비는 아버지가 돌아가신 뒤로 세 번이나 병원에 가서 링거를 맞았다. 외할머니가 가져온 한약을 억지로 입안에다 쑤셔 넣기도 했다. 그래도 입맛은 돌아오지 않았다. 그나마 어머니가 해 주는 죽은 입에서 거부하지 않았다. 선비는 그 힘으로 간신히 하루하루를 버티는 중이었다.

선비는 주위를 두리번거리다가 인근에서 가장 큰 상가 건물로 몸을 피했다. 곧 비가 엄습했다. 발만 믿고 뛰어갔다가는 낭패를 당했으리라.

상가 아래쪽에서 태섭이가 걸어오고 있었다. 비를 쫄딱 맞은 태섭이가 오늘따라 왜소해 보였다. 태섭이는 일부러 비를 맞고 있었다. 선비는 이해할 수 없었다. 이런 대낮에 무시무시한 산성비를 일부러 맞고 다니다니.

게다가 오늘은 태섭이 생일이었다. 십여 명의 아이들이 태섭이 생일 파티에 초대를 받았다. 저녁에 피자집에서 모인다고 하였다. 선비는 그때 자기도 모르게 태섭이 눈을 보았다. 선비는 아직까지 누군가의 생일 파티에 초대받아 본 적이 없었다. 아니, 생일을 일부러 티 나게 드러내는 것 자체가 유치하다고 비웃었는데, 오늘은 저도 모르는 사이에 태섭이 생일 파티에 가고 싶다고 생각했다. 하지만 태섭이는 그런 선비를 보고도 아무런 말을 하지 않았다. 선비는 당연하다고 끄덕이면서도 한편으로 조금 서운했다.

선비는 저도 모르게 서너 걸음 물러섰다. 태섭이가 선비를 알아보고 다가오더니 상가 앞에 멈춰 섰다. 한 발만 움직여도 비를 맞지 않을 수 있었다.

"야, 이리 들어와! 이거 산성비라 많이 맞으면 머리 빠지고 피부병 생길 수도 있어."

선비는 그렇게 소리치려고 했으나, 너무나도 자연스럽게 비를 맞고 있는 태섭이를 보자 이상하게도 말이 나오지 않았다. 먼저 말을 걸어온 것은 태섭이였다.

"야, 괜찮아?"

"뭐가?"

"아, 그러니까 아빠 돌아가신 거."

"어?"

"그때 장례식장에서 너 보고……. 아아, 진짜 아무 말도 못 하겠더라. 뭔가 위로의 말을 해야 한다고 생각했는데, 아빠가 돌아가셨다고 생각하니까, 머리가 캄캄해지면서 아무런 생각이 안 나더라. 우리 아빠가 돌아가셨다면……. 아, 그건 한마디로 세상이 정전되는 것. 그렇게밖에는 설명 못 하겠어. 진짜 어려운 수학 문제 풀 때보다 더 아득하더라. 그래도 넌 대단하던데. 그 상황에서 버티고 문상객들을 받다니. 나라면 그러지 못했을 거야. 물론 먼 훗날 더 컸을 때 그런 일을 당한다면 달라지겠지만, 지금 그랬다면……. 아아, 그냥 먹통이겠지! 그래서 내가 수학을 못하나 보다, 그런 생각도 잠시 했어."

선비는 더 이상 대답하지 않았다. 수학하고 전혀 관련 없는 거라고 대답하려고 했으나 이상하게도 입이 움직이지 않았다. 대신 손이 움직이고 있었다. 선비의 손은, 비를 맞지 말고 안으로 들어오라고 태섭이에게 계속 손짓하였다. 역시 입보다는 손이 더 용기 있었다.

"괜찮아. 뭐 시원하고 좋은데. 난 비를 좋아하거든. 사실 이렇게 원 없이 비를 맞고 싶었는데, 잘됐지, 뭐. 선비야, 나 오늘 바람맞았다! 내가 좋아하는 애가 있는데, 생일 파티에 초대한다고 했더니, 싫다고 하더라. 그래서 그냥 비를 맞기 시작했는데, 맞다 보니 답답한 마음이 좀 풀리네."

"널 싫어하는 사람도 있냐?"

"그걸 말이라고 하냐! 난 벌써 여자한테 두 번이나……."

"안 믿겨."

"의외로 나 싫어하는 애들 많아."

"헐!"

"참, 다음 주가 기말고산데, 준비는 잘돼 가? 난 수학 때문에……."

"응? 어엉! 그냥……."

선비는 생일 파티에 가도 되냐는 말을 입안에서 굴리다가 끝내 뱉어 내지 못했다. 태섭이는 하늘을 보고 입까지 벌려서 빗물을 받아 먹다가 "먼저 갈게." 하고 걸어갔다. 순간 선비의 몸이 움칠했고, 이내 소름이 돋았다. 겁이 났다. 저 불량 식품 같은 비를 맞고는 얼굴이 삭아 쭈글쭈글해지는 태섭이가 자꾸만 떠올라서 눈과 귀를 막아야만 했다.

#62

선비는 저녁 아홉 시가 되어서야 집에 올 수 있었다. 아마 비가 그치지 않았다면 그 상가에서 밤을 지새웠을지도 모른다. 집에 오자 피로가 쏟아졌다. 선비는 붙박이장으로 들어가서 눈을 감았다. 요즘은 그래야만 잘 수 있었다. 용비가 거실에서 자겠다며 방을 비워 주어도 잠을 부를 수 없었다.

선비는 누군가 들어오는 소리에 눈을 떴다. 용비가 붙박이장을 부드럽게 두드렸다. 선비가 문을 열었다.

"야, 깜생아, 네 친구 왔다!"

선비는 깜짝 놀랐다. 용비의 품에 있는 고양이는 깜박이였다. 선비는 깜박이를 받아서 안았다. 용비의 입술이 다소 수다스럽게 풀어졌다. 깜박이를 시장 근처에서 만났다고 했다. 용비는 깜박이가 금세 자기를 알아보고 따라왔다고 덧붙였다. 선비는 깜박이와 볼을 비비면서 그냥 소리 없이 웃다가 밖으로 나갔다.

"야, 깜생아. 왜 고양이를 놓아주는 거야? 우리가 이놈을 찾느라고 얼마나 돌아다녔는데……. 일주일 넘게 찾아다녔어. 외계인이 깜박이 찾으려고 전단까지 붙였다는 거 모르지? 이제 집에서 키워도 간섭하지 않을게."

"왜들 이러셔? 쟤 깜박이 아니잖아."

"헐, 깜생아! 너, 알고 있구나! 어떻게 알았냐? 사실 저 고양이는 외계인이 온 동네를 뒤져서 찾은 애야. 나도 첨에 보고 완벽하게 속았을 정도로 깜박이하고 똑같았는데……. 그래도 넌 고양이를 좋아하니까, 저놈이랑 친구 하면서 지내면 되잖아?"

"됐거든!"

#63

선비는 정말 이해할 수 없었다. 용비와 솔비가 갑자기 범생이 흉내를 내고 있었다. 그렇게밖에 생각할 수 없었다. 아무리 용비가 학교를 땡땡이치지도 않고, 자정이 넘도록 수능 준비에 매달린다고 해도 믿을 수가 없었다. 갑자기 간호사로 삶의 방향을 바꾼 솔비를 보고는 하마터면 콧방귀가 나올 뻔했다.

선비는 그들의 행동이 역겨웠다. 왜 범생이 연극을 하는지 알고 싶지도 않았다. 객관적으로 변한 건 하나도 없다. 갑자기 집에 돈이 많아진 것도 아니고, 갑자기 두 사람의 머리가 천재로 업그레이드된 것도 아니고, 갑자기 그들의 미래가 확 밝아진 것도 아니다. 예전에도 아버지는 곁에 없었고, 지금도 아버지는 곁에 없다. 그런데 왜 달라진 것처럼 보이려고 애를 쓸까.

선비는 고양이가 집 뒤로 사라질 때까지 기다렸다가 그들 앞으로 걸어갔다.

"짰어?"

"뭘?"

"둘이 범생이 노릇 하기로?"

"어?"

"뭐가 달라졌는데?"

"그게……."

용비는 대답하지 못하고 마른손으로 얼굴을 문질렀다. 솔비는 마스크를 벗고 뭔가 말하려다가 그냥 돌아서 버렸다. 선비는 그들의 뒷모습을 보다가 얼른 고개를 돌렸다. 그들의 뒷모습이 꼭 아버지 같았기 때문이다.

#64

기상청은 점심 무렵부터 호우 주의보가 해제될 거라고 했지만, 저녁이 다가오도록 빗발의 기세는 사납기만 했다. 집에는 선비 혼자뿐이었다. 선비는 기말고사가 하루 앞으로 포복해 왔으니 유종의 미를 거두자는 각오로 책상에 앉았지만, 머릿속은 그냥 먹빛이었다. 잠이나 자려고 붙박이장에 들어가 어머니의 자궁 속에 있을 때처럼 몸을 웅크려 봐도 선비의 눈은 더욱 말똥말똥해졌다.

"에라, 모르겠다!"

베란다로 나온 선비는 창밖을 점령해 버린 빗줄기를 보다가 아버지를 떠올렸다. 그러고 보니 아버지만큼 비를 좋아한 사람도 없었다. 솔비가 "아빠는 전생에 오리였나 봐." 할 정도였다.

선비 기억 속에 남아 있는 아버지는 아무리 비가 쏟아져도 우산으로 당신의 얼굴을 감추지 않았다. 그렇게 홀딱 젖은 아버지가 집으로 들어서면 커다란 발자국이 따라왔다. 겨우겨우 자신의 몸을 지탱하고 다니는 왜소한 그림자가 아니라 자기보다 약한 상대를 보면 거침없이 달려가서 물어뜯고야 마는 맹수의 발자국이었다. 고양잇과 동물은 아니었다. 늑대 같은 갯과 동물도 아니었다. 딱딱한 발굽이 달린 소도 아니었다. 그것은 용의 발자국이었다.

아버지는 어렸을 때 구렁이가 용이 되어 승천하는 것을 보았다고 했다. 어머니가 용은 상상의 동물이라고 쏘아붙였다. 헛소리를 더 이상 늘어놓지 말라는 뜻이었다. 아버지는 엄마의 말이 맞다고 하면서도 용이 되고 싶다고 말꼬리를 흐렸다.

"설마, 그래서 비를 맞고 다닌다는 뜻은 아니겠죠?"

아버지는 슬그머니 고개를 끄덕였다. 순간 어머니의 표정이 일그러지더니 재빠르게 용 발자국을 걸레로 닦으면서 미친 짓 좀 그만하라고 소리쳤다. 어머니가 걸레질을 하고 나면 아버지는 다시 유령처럼 희미해졌다.

정말 아버지는 용을 보았을까?

#65

베란다 유리창에 누군가 아른거렸다. 안과 밖이 또렷한 그 얇은 물체 어딘가에 어떤 세상이 있었다. 작은 아이가 혼자 어두운 곳에 웅크린 채 떨고 있었다. 선비는 그 아이의 손을 잡아 주고 싶었다. 저 무덤 같은 곳에서 살아가는 작은 아이에게 어서 뛰쳐나오라고 소리치고 싶었다.

선비는 방으로 뛰어가서 붙박이장을 홱 열어젖혔다.

"어서 나와!"

선비는 붙박이장 속에서 작은 그림자 하나가 뛰쳐나오는 것을 보았다. 선비는 벤자민 화분 속에다 묻어 놓은, 비상금이 든 비닐 봉투를 끄집어내다가 거실에 찍힌 수많은 발자국을 돌아다보았다. 그건 인간의 발자국이 아니었다. 고양이 발자국 같기도 했고, 새 발자국 같기도 했고, 혹은 알 수 없는 상상의 동물의 발자국 같기도 했다.

#66

집을 나서던 선비는 문 앞에서 솔비랑 마주쳤다.

솔비는 한눈에 모든 상황을 알아챘다.

"야, 위인전!"

"난 나갈 거야! 이 집 인간들처럼 살기 싫어!"

"기말고사는?"

"이 상태론 수학 문제 하나도 풀 수 없어. 아마 머리가 터져 버릴 거야."

"나도 이 집에 사는 인간들처럼 살기 싫어!"

"헉!"

"같이 갈까?"

"뭐?"

"난 아빠를 찾고 싶어. 아빠가 살아온 길을 따라서, 아빠가 나온 학교들도 다 찾아가 보고, 생활 기록부도 보고, 친구들도 만나 보고, 아빠 고향에도 가 보고……. 난 아주 어렸을 때 아빠 고향에 딱 한 번 가 봤어. 거기 가면 아빠 친구들도 많고 친척들도 있대. 서울에도 아빠 친척들이 많아. 아빠 사촌들, 더 먼 친척들……. 다 한 번씩 만나 보고 싶어."

"왜?"

"아빠를 잊으려고. 아빠는 죽었으니까 적당히 잊어야지. 그래야 우리도 편안해지고, 엄마가 새로운 사람을 데리고 와도 받아들일 수가 있지."

"어?"

"우린 진짜 아빠를 사랑해 보지 않았잖아? 그러니 못 잊는 거지. 아빠는 죽었지만 그렇다고 아빠의 모든 것이 사라지는 건 아니야. 사람들 기억 속에 남아 있거든. 그것만으로도 충분하다고 생각해."

선비는 최대한 눈을 크게 뜨고 솔비를 보았다. 어느새 솔비의 말에 설득을 당하고 있었다. 선비는 솔비가 자기보다 생각이 깊을 수 있다는 사실을 인정하지 않을 수 없었다. 그래도 기분 나쁘지 않았다.

"난 사실 지난봄에 가출했을 때도 아빠를 찾으려고 했어. 근데 친구들이 둘이나 달라붙는 바람에 포기한 거야."

"헐!"

"실은 얼마 전에 기름병한테도 말했어. 생각해 보겠다고 하더니……."

"아!"

"아빠 고향 추자도부터……."

"허!"

추자도라는 말을 듣자 바다코끼리처럼 몸이 거대한 고모할머니가 떠올랐다. 겁이 났다. 고모할머니를 상대하려면 반드시 용비가 있어야 할 것 같았다.

선비는 용비한테 전화를 걸어 대충 설명했다.

"야, 깜생아. 왜 자꾸 과거에 미련을 갖냐? 아빠는 이미 돌아가셨잖아? 이제 와서 그런 걸 알아 뭘 하려고? 어쩌려고? 지금은 좀 힘들겠지만 살다 보면 다 잊히기 마련이야. 그러니까 아빠를 잊기 위해서 굳이 그런 여행을 가는 건 시간 낭비라고 생각해."

"병신!"

"너 자꾸 형한테……."

"개병신! 정말 그렇게 생각해? 시간이 지나면 저절로 잊혀져? 정말? 뭐가 잊혀져? 넌 아버지에 대해서 뭘 아는데? 뭐아는 게 있어야 잊고 말고 하지. 이 바보야, 네가 그래서 수학을 못하는 거야. 원리를 알려고 하지 않고 정답만 찾으려고 하니까. 아버지를 알아 가는 건, 실은 우리가 서로를 알아가는 거야. 우리가 하나의 완전한 원소가 되기 위해서는 자신을 알아야 하고, 서로를 알아야 하는 거야. 넌 나에 대해서

뭘 알아? 내가 무슨 생각을 하는지, 무슨 노래를 좋아하는
지, 무슨 음식을 좋아하고 가리는지, 내 혈액형이 뭔지 알고
있어? 너랑 나랑 교집합이 뭐야? 공통점이 뭐냐고? 이 바보
야, 나도 너 몰라! 네가 내 형인지 외계인인지 전혀 모른다
고! 그래서 같이 가자는 거야, 이 멍청한 기름병 새끼야! 아
버지랑 어머니랑 기름병이랑 외계인이랑 고양이랑 뭐가 달
라? 다 유령이잖아?"

선비 등 뒤에서 솔비가 소리 없이 웃고 있었다.

곧바로 용비의 목소리가 화살처럼 날아왔다.

"아니, 이 새끼가? 너 딱 기다려! 수학적으로 네놈을 으스
러트린 다음, 참치 캔에다 담아 버릴 테니까. 추자도에 가서
그걸 떡밥으로 낚시할 거야. 다 낚을 거야. 오징어, 꼴뚜기,
문어, 명태, 거북이……."

{작가의 말}

어떤 아이가 있었다.

주변 사람들은 그 아이를 '범생이'라고 불렀다.

그렇게 불릴 때마다 아이는 가슴이 답답했고, 무언가 간절히 말하고 싶었다. 왜 그렇게 죽자 살자 공부만 파고드는지에 대해서, 왜 그렇게 일찍 철들고 싶어 하는지에 대해서.

엄마는 아이가 걱정스러웠다. 아니, 아이를 알고 있는 거의 모든 사람들이 공부밖에 모르는 그 아이를 걱정했다. 하지만 아이의 이야기를 들어 주려고 하는 사람은 없었다.

아이는 외톨이였다. 학교에서도, 집에서도. 형제들도 그 아이를 이해해 주지 않았다.

아니, 아이는 외톨이가 아니었다. 아이에게 인간 친구들은 없었지만, 고양이 친구가 있었다. 아이는 자기 이야기를 들어 주는 고양이가 너무 좋았다. 하지만 가족들은 아이가 사회성이 전혀 없는 외톨이라고 생각했고, 어떻게 해서든 고양이를 가까이하지 못하게 했다.

내가 우연히 그 아이를 만났을 때, 아이는 이렇게 말했다.

"왜 고양이랑 친구 하면 안 되는 거죠?"

내가 아이의 엄마를 만났을 때, 그녀는 이렇게 말했다.

"왜 엄마나 형한테는 말하지 않고, 말도 통하지 않는 고양이하고만 말을 하려고 할까요?"

다시 아이를 만났을 때, 그 아이의 눈빛은 많이 지쳐 있었다.

"진짜 가슴이 터져 버릴 것 같아요!"

다시 아이의 엄마를 만났을 때, 그녀는 깊은 한숨을 내쉬었다.

"소아 정신과라도 가 봐야 하는 건 아닌지 모르겠어요!"

어떤 사람이 있었다.

그는 '착하다'는 말을 듣고 살았지만, 범생이는 아니었다. 천성적으로 놀기 좋아하고, 대충대충 하면서 살고 싶어 하는 성격이라고나 할까.

청소년 시기의 그는 학교생활에 적응하지 못해 외톨이였고, 꼴찌도 여러 번 했다. 그래서 꼴찌의 아픔이 어떤 것인지 잘 알고 있었다. 그러나 공부 잘하는 범생이들을 보면 미지의 세상에서 사는 외계인처럼 느껴졌다.

'쟤들은 왜 죽자 살자 공부만 할까? 쟤들은 어떻게 그 복잡한 수학을 잘할까?'

그만큼 그는 범생이에 대해서 알지 못했다. 그만큼 그는 범생이들을 좋아하지 않았다. 그만큼 그는 범생이에 대한 선입견을 갖고 있었다.

하지만 그는 아이의 이야기를 들으면서 범생이도 꼴찌만큼이나 외롭다는 것을 알았다. 자신이 범생이에 대해 얼마나 많은 편견을 갖고 있었는지도 알게 됐다.

그리고 이야기 하나를 쓰기 시작했다.

그는 동화 속에 그 아이의 이야기를 담았다.《반은 고양이 반은 인간》이라는 제목이었다. 아마 이 제목만 보고도 "아, 그 이야기구나!" 하는 분들이 제법 있을 것이다. 그는 이 이야기를 여러 사람들에게 보여 주었다. 그만큼 그는 이 이야기에 큰 애정을 가지고 있었다. 그의 가슴을 뭉클하게 만드는 이야기였다.

하지만 안타깝게도 사람들의 표정은 밝지 않았다.

"아이들에게 읽히기에는 이야기가 너무 무거워요!"

"이 이야기를 읽고 나면 한동안 뭘 할 수가 없어요. 그만큼 무겁고 안타까워서요. 가슴이 먹먹해지는 걸 넘어서, 그냥 아무것도 할 수 없게 돼요."

그러면서 모두들 진심으로 그를 걱정했다.

"선생님이 너무 아픈 것 같아요."

"괜찮으세요? 글 읽으면서 선생님 생각이 많이 났어요."

그래서 그는 그 이야기를 책으로 출간할 엄두를 내지 못했다. 이야기라는 것은 가슴에다 그냥 묻어 두면 잊히기도 하는데, 그 아이의 얼굴은 도무지 사라지지 않았다. 그렇게 십 년이라는 세월이 강물처럼 흘러갔다.

그는 다시 그 이야기를 끄집어냈다. 흘러간 세월만큼 받아들였고, 그 아이를 청소년으로 생각하면서 이야기를 풀어 갔다. 그리고 어쩌면 그 아이는 범생이가 아니었을지도 모른다는 생각을 했다. 아니, 범생이든 범생이가 아니든 애초부터 그것은 중요한 것이 아니었다는 생각을 그제야 하게 됐다. 그게 뭐가 중요한가? 그 아이가 이 세상을 아파하면서 살아간다는 것이 중요한 것이다. 그걸 깨달았다.

어떤 작가가 있었다.

그는 자신의 기억 속에서 여전히 아파하고 있는 또 다른 아이를 그제야 편안히 놓아줄 수 있었다.

"꼴찌였어도 괜찮아! 대신 넌 새로운 경험을 했잖아? 그리고 작가가 되었어. 때론 상처가 새로운 꽃을 피우는, 새살이 되기도 한다고!"

그렇게 자기 자신을 위로하면서 이 이야기를 썼다.

그러자 이야기 속에 나오는 아이도 많이 편해졌다. 물론 사람에 따라서는 아직도 이 글의 주인공이 불편할 수도 있겠지만, 이 정도면 세상으로 내보내도 되겠다고 그는 확신했다.

아직은 작은 나무와 같아서 강하게 비바람이 불면 어느 줄기는 꺾이기도 하고, 더 많은 햇살을 받아 내기 위해서 다른 나무들과 경쟁하다가 마음에 상처를 입기도 하겠지만, 그래도 예전처럼 자신을 외톨이라고 여기며 움츠리지는 않을 것이다.

어떤 아이가 살아가고 있다.

누구에게나 박수받을 만큼 화려한 꽃을 피워 낸 어느 가을꽃 아래서
이제야 얼굴을 내밀고 있는 느리고 작은, 어떤 풀을 보면서

이상권